SHORT ST(in)ORIES GERMAN

Read for pleasure at your level
and learn German the fun way

OLLY RICHARDS AND
ALEX RAWLINGS

Series Editor
Rebecca Moeller

Development Editor
Wolfgang Weermann, TextMedia

First published in Great Britain in 2018 by Hodder and Stoughton.
An Hachette UK company. Copyright © Olly Richards 2018
The right of Olly Richards to be identified as the Author of the Work has been
asserted by him in accordance with the Copyright, Designs and Patents Act 1988.
Database right Hodder & Stoughton (makers)
The Teach Yourself name is a registered trademark of Hachette UK.

9781473683372

3

The publisher has used its best endeavours to ensure that any website addresses referred to in
this book are correct and active at the time of going to press. However, the publisher and the author
have no responsibility for the websites and can make no guarantee that a site will remain live or that
the content will remain relevant, decent or appropriate.
The publisher has made every effort to mark as such all words which it believes to be
trademarks. The publisher should also like to make it clear that the presence of a word in the book,
whether marked or unmarked, in no way affects its legal status as a trademark.
Every reasonable effort has been made by the publisher to trace the copyright holders of material in
this book. Any errors or omissions should be notified in writing to the publisher, who will endeavour
to rectify the situation for any reprints and future editions.

Cover image © Paul Thurlby
Illustrations by Oxford Designers and Illustrators / Stephen Johnson
Typeset by Integra Software Services Pvt. Ltd., Pondicherry, India

Printed and bound in Great Britain by CPI Group (UK) Ltd., Croydon, CR0 4YY.
John Murray Learning policy is to use papers that are natural, renewable and recyclable products
and made from wood grown in sustainable forests. The logging and manufacturing processes are
expected to conform to the environmental regulations of the country of origin.

Carmelite House
50 Victoria Embankment
London EC4Y 0DZ
www.hodder.co.uk

Contents

Don't forget the audio!

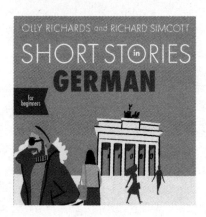

Listening to the story read aloud is a great way to improve your pronunciation and overall comprehension. So, don't forget – download it today!

The audio that accompanies this course is available to purchase from the Readers app and from readers.teachyourself.com.

Use **audio50** for 50% off any purchase.

About the Author

Olly Richards, author of the *Teach Yourself Foreign Language Graded Readers* series, speaks eight languages and is the man behind the popular language learning blog: *I Will Teach You a Language*.

Olly started learning his first foreign language at age 19 when he bought a one-way ticket to Paris. With no exposure to languages growing up, and no special talent to speak of, Olly had to figure out how to learn a foreign language from scratch.

Fifteen years later, Olly holds a master's degree in TESOL from Aston University and Cambridge CELTA and Delta. He has now studied several other languages and become an expert in language learning techniques. He also collaborates with organizations such as The Open University and the European Commission, and is a regular speaker at international language events and in-person workshops.

Olly started the *I Will Teach You a Language* blog in 2013 to document his latest language learning experiments. His useful language learning tips have transformed the blog into one of the most popular language learning resources on the web. Olly has always advocated that reading is one of the best ways to improve your language skills and he has now applied his expertise to create the *Teach Yourself Foreign Language Graded Readers* series. He hopes that *Short Stories in German for Beginners* will help you in your language studies!

For more information about Olly and his blog, go to www.iwillteachyoualanguage.com.

For more information about other readers in this series, go to readers.teachyourself.com.

Introduction

Reading in a foreign language is one of the most effective ways for you to improve language skills and expand vocabulary. However, it can sometimes be difficult to find engaging reading materials at an appropriate level that will provide a feeling of achievement and a sense of progress. Most books and articles written for native speakers are too difficult for beginner language learners to understand. They often have very high-level vocabulary and may be so lengthy that you feel overwhelmed and give up. If these problems sound familiar, then this book is for you!

Short Stories in German for Beginners is a collection of eight unconventional and entertaining short stories that are especially designed to help high-beginner to low-intermediate level German learners* improve their language skills. These short stories offer something of interest for everyone and have been designed to create a supportive reading environment by including:

➤ **Rich linguistic content in a number of different genres** to keep you entertained and expose you to a variety of word forms as well as the 1000 most common words in the German language!

* Common European Framework of Reference (CEFR) level A2-B1

- ➤ **Interesting illustrations** to introduce the story content and help you better understand what happens.
- ➤ **Shorter stories broken into chapters** to give you the satisfaction of finishing the stories and progressing quickly.
- ➤ **Texts written especially at your level** so they are more easily comprehended and not overwhelming.
- ➤ **Special learning aids** to help support your understanding including:
  - ✦ *Summaries* to give you regular overviews of plot progression.
  - ✦ *Vocabulary lists* to help you understand unfamiliar words more easily.
  - ✦ *Comprehension questions* to test your understanding of key events and to encourage you to read in more detail.

So perhaps you are new to German and looking for an entertaining way to learn, or maybe you have been learning for a while and simply want to enjoy reading and expand your vocabulary, either way, this book is the biggest step forward you will take in your studies this year. *Short Stories in German for Beginners* will give you all the support you need, so sit back, relax, and let your imagination run wild as you are transported to a magical world of adventure, mystery and intrigue – in German!

How to Read Effectively

Reading is a complex skill. In our first languages, we employ a variety of micro-skills to help us read. For example, we might skim a particular passage in order to understand the general idea, or gist. Or we might scan through multiple pages of a train timetable looking for a particular time or place. While these micro-skills are second nature when reading in our first languages, when it comes to reading in a foreign language, research suggests that we often abandon most of these reading skills. In a foreign language we usually start at the beginning of a text and try to understand every single word. Inevitably, we come across unknown or difficult words and quickly get frustrated with our lack of understanding.

One of the main benefits of reading in a foreign language is that you gain exposure to large amounts of words and expressions used naturally. This kind of reading for pleasure in order to learn a language is generally known as 'extensive reading'. It is very different from reading a textbook in which dialogues or texts are meant to be read in detail with the aim of understanding every word. That kind of reading to reach specific learning aims or do tasks is referred to as 'intensive reading'. To put it another way, the intensive reading in textbooks usually helps you with grammar rules and specific vocabulary, whereas reading stories extensively helps show you natural language in use.

While you may have started your language learning journey using only textbooks, *Short Stories in German for Beginners* will now provide you with opportunities to learn more about natural German language in use. Here are a few suggestions to keep in mind when reading the stories in this book in order to learn the most from them:

➤ **Enjoyment and a sense of achievement when reading is vitally important.** Enjoying what you read keeps you coming back for more. The best way to enjoy reading stories and feel a sense of achievement is by reading each story from beginning to end. Consequently, reaching the end of a story is the most important thing. It is actually more important than understanding every word in it!

➤ **The more you read, the more you learn.** By reading longer texts for enjoyment, you will quickly build up an innate understanding of how German works. But remember: In order to take full advantage of the benefits of extensive reading, you have to actually read a large enough volume in the first place! Reading a couple of pages here and there may teach you a few new words, but won't be enough to make a real impact on the overall level of your German.

➤ **You must accept that you won't understand everything you read in a story.** This is probably the most important point of all! Always remember that it is completely normal that you do not understand all the words or sentences. It doesn't mean that your language level is flawed or that you are not doing well. It means you're engaged in the process of learning. So, what should you do when you don't understand a word? Here are a few steps:

1. Look at the word and see if it is familiar in any way. Remember to look for vocabulary elements from your first language that may be familiar. Take a guess – you might surprise yourself!
2. Re-read the sentence that contains the unknown word several times. Use the context of that sentence, and the rest of the story, to try to guess what the unknown word might mean.
3. Think about whether or not the word might be a different form of a word you know. For example, you might encounter a verb that you know, but it has been conjugated in a different or unfamiliar way:

sprechen – to speak
haben gesprochen – (they) have spoken
sprach – (he) spoke

You may not be familiar with the particular form used, but ask yourself: *Can I still understand the gist of what's going on?* Usually, if you have managed to recognise the main verb, that is enough. Instead of getting frustrated, simply notice how the verb is being used, and carry on reading. Recognizing different forms of words will come intuitively over time.

4. Make a note of the unknown word in a notebook and check the meaning later. You can review these words over time to make them part of your active vocabulary. If you simply must know the meaning of a bolded word, you can look it up in the glossary list at the back of the book or use a dictionary. However, this should be your last resort.

These suggestions are designed to train you to handle reading in German independently and without help. The more you can develop this skill, the better you'll be able to read. Remember: Learning to be comfortable with the ambiguity you may encounter while reading a foreign language is the most powerful skill that will help you become an independent and resilient learner of German!

The Six-Step Reading Process

In order to get the most from reading *Short Stories in German for Beginners,* it will be best for you to follow this simple six-step reading process for each chapter of the stories:

① Look at the illustration and read the chapter title. Think about what the story might be about. Then read the chapter of the story all the way through. Your aim is simply to reach the end of the chapter. Therefore, *do not stop to look up words and do not worry if there are things you do not understand.* Simply try to follow the plot.

② When you reach the end of the chapter, read the short summary of the plot to see if you have understood what has happened. If you find this difficult, do not worry. You will improve with each chapter.

③ Go back and read the *same* chapter again. If you like, you can focus more on story details than before, but otherwise simply read it through one more time.

④ When you reach the end of the chapter for the second time, read the summary again and review the vocabulary list. If you are unsure about the meanings of any words in the vocabulary list, scan through the text to find them in the story and examine them in context. This will help you better understand the words.

⑤ Next, work through the comprehension questions to check your understanding of key events in the story. If you do not get them all correct, do not worry, simply answering the questions will help you better understand the story.

⑥ At this point, you should have some understanding of the main events of the chapter. If not, you may wish to re-read the chapter a few times using the vocabulary list to check unknown words and phrases until you feel confident. Once you are ready and confident that you understand what has happened – whether it's after one reading of the chapter or several – move on to the next chapter and continue enjoying the story at your own pace, just as you would any other book.

Only once you have completed a story in its entirety should you consider going back and studying the story language in more depth if you wish. Or instead of worrying about understanding everything, take time to focus on all that you *have* understood and congratulate yourself for all that you have done so far! Remember: The biggest benefits you will derive from this book will come from reading story after story through from beginning to end. If you can do that, you will be on your way to reading effectively in German!

Die verrückte Currywurst

Kapitel 1 – Das Flugzeug

„Daniel, komm her!", ruft mir Julia von der Haustür zu.
„Was möchtest du, Julia?", antworte ich.
„Heute reisen wir nach Deutschland. Das weißt du doch."
„Klar weiß ich das. Ich packe meinen Rucksack."

Mein Name ist Daniel. Ich bin 24 Jahre alt. Julia ist meine Schwester und wir leben im **selben** Haus in London. Sie ist 23 Jahre alt. Unsere Eltern heißen Arthur und Clara. Wir sind **Austauschstudenten** und **bereiten** eine Reise nach Deutschland **vor**. Wir lernen Deutsch und wir sprechen die Sprache auch schon recht gut.

Ich bin 1,87 m groß und habe braunes, etwas **längeres** Haar. Ich habe grüne Augen und einen **breiten** Mund. Mein Körper ist **ziemlich muskulös**, da ich viel Sport treibe. Meine Beine sind lang und auch ziemlich kräftig, weil ich jeden Morgen laufen gehe.
Julia hat auch braunes Haar. Es ist aber länger als meines. Sie hat braune Augen, genau wie mein Vater. Ich habe die gleiche Augenfarbe wie meine Mutter.

Meine Eltern arbeiten. Mein Vater Arthur ist **Elektriker** und arbeitet in einer großen **Firma**.

Meine Mutter ist **Geschäftsfrau** und hat eine Firma, die Fantasy- und Science-Fiction-Bücher verkauft. Beide können sehr gut Deutsch. Um zu **üben**, sprechen wir manchmal nur Deutsch miteinander.

Mein Vater sieht, dass ich **noch nicht angezogen** bin.
„Daniel! Warum ziehst du dich nicht an?"
„Ich bin gerade aufgestanden. Ich habe vor fünf Minuten geduscht und bin noch nicht trocken."
„**Beeil dich**. Ich muss zur Arbeit und habe wenig Zeit."
„Keine Sorge, Papa. Ich ziehe mich jetzt an."
„Wo ist Julia?"
„In ihrem Zimmer."

Mein Vater geht in das Zimmer meiner Schwester. Er redet mit ihr. Julia schaut ihn an.
„Hallo Papa. Was hast du auf dem Herzen?"
„Hör mal, Julia. Dein Bruder zieht sich gerade an. Ich möchte, dass ihr das nehmt."
Mein Vater gibt ihr ein **Bündel Geldscheine**. Julia ist sehr **überrascht**.
„Das ist viel Geld!", sagt sie.
„Deine Mutter und ich haben **Geld gespart**. Wir möchten euch für die Reise nach Deutschland etwas geben."
„Danke, Papa, das ist wirklich lieb von euch. Ich werde es Daniel sagen."

Sie wissen nicht, dass ich mich **inzwischen** angezogen habe und hinter der Tür alles sehe und höre. Mein Vater **schaut** mich **an**.

„Oh, Daniel! Da bist du ja! Und du hast dich angezogen! Das Geld ist für euch beide."

„Danke, Papa. Das ist sehr **nützlich**."

„Eure Mutter und ich werden euch jetzt zum **Flughafen** bringen. Lasst uns bald fahren!"

Wenige Minuten nach dem Frühstück gehen wir aus dem Haus. Wir fahren mit dem Auto meiner Mutter.

Julia ist sehr **nervös**.

„Julia, Schatz", sagt meine Mutter. „Geht es dir gut?"

„Ich bin sehr nervös", antwortet sie.

„Warum?"

„Ich kenne niemanden in Deutschland. Ich kenne nur Daniel."

„Keine Sorge. Es gibt sicher viele nette Leute in Köln."

„Ja Mama, da bin ich sicher. Aber ich bin trotzdem sehr nervös."

Im Flughafen sind viele Menschen, die hier ihre Flugtickets kaufen oder ändern wollen. Es ist noch früh und es sind einige **Geschäftsleute** dabei. Für einige Flüge hat das Boarding bereits begonnen. Ich gehe zu Julia und sage:

„Bist du jetzt ruhiger?"

„Ja, Daniel. Im Auto war ich ziemlich nervös."

„Ja, das habe ich **gemerkt**. Aber alles wird gut gehen. Ich habe einen netten Freund in Köln, Michael. Er hilft Austauschstudenten wie uns."

Unsere Eltern **winken** uns **zu**, bevor wir durch die **Sicherheitskontrolle** gehen.

„Gute Reise! Und **gebt Bescheid**, wenn ihr angekommen seid! Auf Wiedersehen!"

Das ist das Letzte, was wir hören. Dann sind wir auch schon im Flugzeug und fliegen nach Deutschland.

Anhang zu Kapitel 1

Zusammenfassung

Daniel und Julia sind Austauschstudenten und leben in London. Sie machen eine Reise nach Deutschland. Sie können Deutsch und sprechen auch manchmal mit ihren Eltern Deutsch. Die Eltern bringen ihre Kinder zum Flughafen. Julia ist im Auto sehr nervös, aber kurz vor dem Abflug ist sie wieder ruhiger.

Vokabeln

selben the same
der Austauschstudent exchange student
vorbereiten to get ready for
längeres longer
breit wide
ziemlich muskulös quite toned
der Elektriker electrician
die Firma company
die Geschäftsfrau business woman
üben to practise
noch nicht angezogen not yet dressed
sich beeilen to hurry up
Was hast du auf dem Herzen? What's on your mind?
das Bündel Geldscheine wad of bills
überrascht surprised
Geld sparen to save money
jemanden anschauen to look at someone
nützlich useful
der Flughafen airport
nervös nervous
Geschäftsleute (Pl.) business people

etwas merken to notice or perceive something

jemandem zuwinken to wave to someone

die Sicherheitskontrolle security check

Bescheid geben to tell or let someone know

Fragen im Auswahlverfahren

Wählen Sie nur eine Antwort pro Frage aus.

1) Die Geschwister Daniel und Julia wohnen _____.
   a. im selben Haus in London
   b. in verschiedenen Häusern in London
   c. im selben Haus in Köln
   d. in verschiedenen Häusern in Köln

2) Ihre Eltern können Deutsch, _____.
   a. aber sie sprechen nicht mit ihren Kindern Deutsch
   b. und sie üben die Sprache manchmal mit ihren Kindern
   c. aber sie sprechen nie Deutsch
   d. aber sie mögen Deutsch nicht

3) Arthur, der Vater, gibt ihnen ein Geschenk für die Reise. Worum handelt es sich?
   a. ein Auto
   b. ein Fantasybuch
   c. ein Science-Fiction-Buch
   d. Geld

4) Auf dem Weg zum Flughafen ist Julia _____.
   a. traurig
   b. froh
   c. nervös
   d. erschrocken

5) In der Schlange im Flughafen sind ____.

   a. viele junge Leute
   b. einige Geschäftsleute
   c. wenige Leute
   d. viele Kinder

Kapitel 2 – Deutschland

Das Flugzeug **landet** in Köln. Mein Freund Michael erwartet uns am Ausgang des Flughafens.

„Hallo, Daniel! Wie schön, dass du hier bist!"

„Hallo, Michael! Ich freue mich auch, dich zu sehen!"

Michael guckt meine Schwester Julia **neugierig** an.

„Michael, darf ich dir meine Schwester Julia vorstellen?"

Michael kommt näher und begrüßt Julia.

„Hallo Julia. Ich freue mich, dich kennenzulernen!"

„Meine Schwester ist etwas **schüchtern**. Vor allem, wenn sie neue Leute kennenlernt."

„Hallo … Michael", sagt Julia.

Michael lächelt sie an. ‚Schüchtern schon, aber auch sehr sympathisch', denkt Michael.

Minuten später sind wir auf dem Weg zu Michaels Wohnung. Das Taxi vom Flughafen bis zum Kölner Zentrum kostet 32,50 Euro. Es ist Juni und es ist warm.

Die Wohnung ist in einem Hochhaus, wo viele Studenten wohnen. Michael hilft uns mit den Rucksäcken. Meine Schwester und ich **haben Hunger**.

„Michael, wir haben großen Hunger. Wo können wir etwas essen gehen?"

„Es gibt zwei Restaurants **in der Nähe**."

„Was für Essen gibt es dort?"

„In einem Restaurant gibt es leckere Currywurst und im anderen frischen Fisch."

„Julia, möchtest du Currywurst essen gehen?", frage ich meine Schwester.

„Klar, Daniel, sehr gerne."

Michael bleibt in der Wohnung. Er muss lernen. Julia und ich gehen **in Richtung** Currywurstrestaurant.

„Julia, welcher Bus fährt wohl zum Currywurstrestaurant?"

„Ich weiß nicht. Wir müssen jemanden fragen."

„Guck mal den da. Den Mann im weißen Hemd. Wir gehen ihn fragen."

Der Herr im weißen Hemd grüßt uns.

„Hallo! Kann ich euch helfen?"

„Wie kommen wir zum Restaurant ‚Die verrückte Currywurst'?"

„Das ist einfach! Gleich hier hält der Bus Nummer 35. Der Bus fährt direkt zu der Straße, wo ‚Die verrückte Currywurst' ist. Aber es gibt ein Problem."

„Welches Problem?"

„Dieser Bus ist normalerweise sehr voll."

Julia und ich reden darüber, den Bus zum Restaurant zu nehmen. Sie sieht besorgt aus.

„Daniel, das Currywurstrestaurant ist bestimmt gut. Aber ich **habe keine Lust auf** einen vollen Bus. Lass uns ins Fischrestaurant gehen, ja?"

„Ich habe eine Idee, Julia. Ich nehme den Bus 35 zur ‚verrückten Currywurst'. Und du gehst zum Fischrestaurant."

„Warum denn das?"

„Weil wir so die Preise **vergleichen** können."

„Na gut. Ich rufe dich mit dem **Handy** an!"

Schon kommt ein grüner Bus um die Ecke, ich springe hinten hinein. Alles klar! **Kopfhörer** auf, coole Musik … Ich bin ziemlich müde, also schlafe ich ein bisschen. Ich wache sehr viel später wieder auf. Der Bus steht still. Außer dem Busfahrer ist niemand mehr da.

„Entschuldigung, wo sind wir?", frage ich den Busfahrer.

„Wir sind in Frankfurt angekommen."

„Wie bitte? Wir sind in Frankfurt? Oh, nein! Wie ist das möglich?"

„Das ist der City-Express hier. Wir fahren nur die größeren Städte an."

Ich will meine Schwester mit dem Handy anrufen. Oh nein! Mein Handy hat keinen **Akku** mehr! Ich steige aus … Ich bin in Frankfurt. Frankfurt ist weit weg! Ich kann es nicht glauben. Ich habe den falschen Bus genommen, bin eingeschlafen und der Bus hat mich nach Frankfurt gebracht. Was mache ich jetzt bloß?

Ich gehe durch die Straßen von Frankfurt. Ich suche eine **Telefonzelle**. Aber wo gibt es denn heute noch Telefonzellen? Ich frage eine Dame.

„Entschuldigen Sie bitte. Wo kann ich eine Telefonzelle finden?"

„Gleich **um die Ecke** gibt es eine, junger Mann."
Glück gehabt.

„Vielen Dank. Schönen Tag noch."

„Bitte, schönen Tag."

Es ist fünf Uhr nachmittags. Meine Schwester weiß nicht, wo ich bin. Sie ist sicher sehr besorgt! Ich gehe in die Telefonzelle. Oh nein! Ich erinnere mich nicht an Julias Nummer! Was soll ich nur machen? Ich habe Geld, aber nicht ihre Nummer. Ich werde erstmal ein Restaurant suchen. Ich habe nämlich großen Hunger.

Ich gehe in ein **billiges** Restaurant. Der **Kellner** kommt.

„Guten Tag!"

„Guten Tag."

„Was wünschen Sie?"

Ich schaue auf die Karte. „Ich hätte gerne … Currywurst?"

„Entschuldigung? Ich habe Sie nicht richtig verstanden, junger Mann."

Kein Wunder. Denn ich habe angefangen, laut zu lachen. Im Restaurant gucken mich viele Leute an.

Wie peinlich. Ich hätte nicht so laut lachen sollen, aber es ist irgendwie lustig. Julia und ich wollten zusammen Currywurst essen gehen, und zwar in Köln. Jetzt esse ich alleine Currywurst in Frankfurt und meine Schwester weiß nicht, wo ich bin. Wenn das nicht lustig ist!

Was kann ich jetzt tun? Ich habe nur wenig Geld, Julias Nummer fehlt mir immer noch. Jetzt weiß ich es! Ich werde in London anrufen!

Ich gehe zurück zur Telefonzelle. Ich rufe bei meinen Eltern an. Es **klingelt** viermal. Meine Mutter ist am Telefon.

„Hallo Daniel! Wie geht es dir? **Wie läuft es** in Köln?"

„Hallo, Mama. Ich habe ein Problem."

„Was ist los, mein Sohn? Ist **etwas Schlimmes** passiert?"

„Nein, Mama, das nicht. Aber ruf bitte Julia an. Sag ihr, dass ich in Frankfurt bin und mein Handy keinen Akku mehr hat."

„In Frankfurt? Was machst du denn in Frankfurt?"

„Das ist eine lange Geschichte, Mama."

Ich gehe in ein Hotel, bezahle eine Übernachtung und gehe auf mein Zimmer. Ich ziehe mich aus und lege mich ins Bett. Ich mache das Licht aus und schlafe. Was für ein verrückter Tag!

Anhang zu Kapitel 2

Zusammenfassung

Daniel und Julia kommen in Köln an. Dort treffen sie Michael, Daniels Freund. Sie fahren zusammen zu Michaels Wohnung. Als sie Hunger haben, fragen sie Michael, wo sie essen gehen können. Es gibt zwei Möglichkeiten: ein Fischrestaurant oder das Restaurant „Die verrückte Currywurst". Julia geht zu Fuß zum Fischrestaurant. Daniel möchte schnell zum Currywurstrestaurant. Deshalb nimmt er einen Bus. Er wacht in Frankfurt auf, weil er im Bus eingeschlafen ist. Sein Handy hat keinen Akku mehr. Da es spät ist, muss er eine Nacht im Hotel schlafen.

Vokabeln

landen to land
neugierig curiously
schüchtern shy
Hunger haben to be hungry
in der Nähe nearby
in Richtung in the direction of
besorgt worried
keine Lust auf etwas haben to not be in the mood for something
vergleichen to compare
das Handy mobile phone
die Kopfhörer headset, earphones
müde sleepy
der Akku battery (in cell phones)
die Telefonzelle phone booth
um die Ecke around the corner
billig cheap
der Kellner waiter

kein Wunder not surprising

Wie peinlich! How embarrassing!

Ich hätte nicht so laut lachen sollen. I shouldn't have laughed so loudly.

klingeln to ring (sound)

Wie läuft es? How is it going?

etwas Schlimmes something bad

die Übernachtung overnight-stay, night in a hotel

Fragen im Auswahlverfahren

Wählen Sie nur eine Antwort pro Frage aus.

6) Michael ist ein _____.
    a. Arbeiter im Flughafen
    b. Freund der Eltern
    c. Freund von Julia
    d. Freund von Daniel

7) In Köln ist es _____.
    a. kalt
    b. warm
    c. weder kalt noch warm
    d. windig

8) Vom Flughafen fahren sie _____.
    a. zu einem Restaurant
    b. zu Michaels Wohnung
    c. zu Daniels Wohnung
    d. nach Frankfurt

9) Daniel kann seine Schwester nicht anrufen, weil ____.
   a. sein Handy keinen Akku hat
   b. er kein Geld hat
   c. er keine Telefonzelle findet
   d. er kein Handy hat

10) Daniel schläft eine Nacht ____.
   a. in einem Hotel in Köln
   b. im Bus
   c. in einem Hotel in Frankfurt
   d. gar nicht

Kapitel 3 – Die Landstraße

Ich werde wach und dusche. Danach gehe ich in Ruhe frühstücken. Auf dem Weg zum Frühstück sehe die Uhrzeit auf einer Uhr im **Flur.** Es ist 10 Uhr. Ob meine Mutter mit Julia gesprochen hat? Meine Schwester wird schnell nervös. Ich hoffe, es geht ihr gut.

Als ich das Hotel verlasse, sehe ich, wie zwei Männer **Kisten** zu einem **Lastwagen** tragen. Auf dem Lastwagen ist ein **Schild** mit dem Namen einer **Firma**. Ich fange an, laut zu lachen. So wie im Restaurant. Aber ich **merke** es schnell und ich **halte den Mund**. Aber es ist wirklich lustig: Auf dem Schild auf dem Lastwagen steht „Die verrückte Currywurst".

Ich gehe zu den Männern und rede mit ihnen.
„Hallo", sagt einer von ihnen.
„Guten Tag", antworte ich.
„Was möchten Sie?"
„Arbeiten Sie für 'Die verrückte Currywurst'?"
„Nein, ich arbeite als Fahrer und bringe jede Woche **Pommes** dorthin. Aber heute nicht."

Die beiden Männer steigen in den Lastwagen. Ich denke nach. Wie kann ich zurück nach Köln kommen? Ich brauche eine **Lösung**. Ich muss zurück zu Michaels Wohnung. Julia wartet auf mich. Ich habe eine Idee!

„Entschuldigen Sie! Und wo fahren Sie jetzt hin?"

„Homburg, Limburg, Altenkirchen, Siegburg, Bonn, Köln ..."

„Dann fahren Sie über Köln? Können Sie mich bitte mitnehmen?"

Der Fahrer **zögert** lange, bis er mir endlich antwortet.

„Ok, du kannst hinten im Lastwagen zwischen den Pommeskisten sitzen, aber sag es niemandem."

„Danke!"

„Bitte, Junge. Schnell, **wir müssen jetzt los**!"

Ich steige hinten in den Lastwagen ein und setze mich zwischen die Pommeskisten. Und schon fährt der Lastwagen los. Ich sehe nichts. Ich höre nur den Motor des Lastwagens und die Autos auf der Landstraße. Etwas **bewegt sich**! Zwischen den Kisten ist eine Person.

„Hallo?", rufe ich.

Stille.

„Ist da jemand?"

Wieder Stille. Aber ich weiß, dass da eine Person zwischen den Kisten ist. Ich stehe auf und gehe hin. Was für eine **Überraschung**! Es ist ein alter Mann!

„Wer sind Sie?"

„Lass mich in Ruhe, Junge!"

„Was machen Sie hier?"

„Ich fahre nach Köln."

„Weiß der Fahrer, dass Sie hier sind?"

„Natürlich nicht. Ich bin in den Lastwagen gestiegen, während du mit ihm gesprochen hast."

Der Fahrer stoppt den Lastwagen und steigt aus. Der alte Mann schaut mich besorgt an.

„Warum hat er **angehalten**?"

„Keine Ahnung."

Man hört Lärm an der **Hintertür** des Lastwagens.

„Ich muss **mich verstecken**!", sagt der Mann.

Der Fahrer steigt in den Lastwagen und sieht nur mich. Der Mann hat sich zwischen den Kisten versteckt.

„Was ist hier los?", fragt er mich.

„Nichts."

„Ich glaube, ich habe da etwas gehört. Mit wem hast du gesprochen?"

„Ich? Mit niemandem. Ich bin alleine hier. Sehen Sie das nicht?"

„Wir sind noch nicht angekommen, Junge. **Mach keinen Stress**. Ich will keine Probleme."

„Verstanden."

Der Fahrer schließt die Hintertür und geht zurück ans **Lenkrad**. In diesem Moment kommt der alte Mann zwischen den Kisten hervor und sieht mich lächelnd an.

„**Gott sei Dank**! Er hat mich nicht gesehen!", sagt er.

„Sagen Sie mal, warum fahren Sie von Frankfurt nach Köln?"

„Willst du das wirklich wissen?"

„Ja, natürlich."

„Dann hör zu. Ich erzähle dir eine kleine Geschichte."

„Ja gerne, bitte."

Der alte Mann erzählt mir seine Geschichte:

„Ich habe einen Sohn. Ich kenne ihn nicht. Vor

vielen Jahren waren seine Mutter und ich zusammen, aber ich ging zum Arbeiten in ein anderes Land. Aber **vor Kurzem fand ich heraus**, wo sie sind."

„In Köln?"

„So ist es."

„Wie alt ist Ihr Sohn?"

„Er ist 24 Jahre alt."

„Genau wie ich!"

Der alte Mann lacht.

„Wie komisch!"

„Ja, das ist es."

Nach einigen Minuten Stille habe ich noch eine Frage an den Mann:

„Wie heißt Ihr Sohn eigentlich?"

„Er heißt Michael. Er hat eine Wohnung in Köln. Er wohnt in der Nähe des Restaurants ‚Die verrückte Currywurst'. Deshalb sitze ich in diesem Lastwagen."

Ich **starre** den alten Mann an. Ich kann es einfach nicht glauben.

Anhang zu Kapitel 3

Zusammenfassung

Daniel verlässt am nächsten Morgen nach dem Frühstück das Hotel. Draußen trifft er einen Lastwagenfahrer. Auf seinem Lastwagen steht „Die verrückte Currywurst". Daniel fragt den Fahrer, ob er im Lastwagen mit nach Köln fahren darf. Der Fahrer sagt ja. Daniel findet einen alten Mann im Lastwagen. Der Mann will auch nach Köln. Er hat herausgefunden, dass er einen Sohn in Köln hat.

Vokabeln

die Landstraße country road, single track road
der Flur hallway
die Kiste box
der Lastwagen truck, lorry
das Schild sign
die Firma company
etwas merken to realize something
den Mund halten to shut up
die Pommes (Pl.) French fries
die Lösung solution
zögern to hesitate
wir müssen jetzt los we have to go now
sich bewegen to move
die Überraschung surprise
lass mich in Ruhe leave me alone
anhalten to stop
keine Ahnung haben to not have a clue
die Hintertür back door
sich verstecken to hide
Mach keinen Stress! Don't make trouble!

das Lenkrad steering wheel

Gott sei Dank thank God

vor Kurzem recently

herausfinden to find out

jemanden anstarren to stare at someone

Fragen im Auswahlverfahren

Wählen Sie nur eine Antwort pro Frage aus.

11) Daniel frühstückt um ____.
   a. 10:15 Uhr
   b. 10:00 Uhr
   c. 11:00 Uhr
   d. 12:15 Uhr

12) Nachdem Daniel das Hotel verlassen hat, spricht er mit ____.
   a. einer Frau auf der Straße
   b. einem kleinen Jungen
   c. dem Fahrer eines Lastwagens
   d. seiner Schwester

13) Daniel findet im Lastwagen eine Person. Es ist ____.
   a. ein junger Mann
   b. eine junge Frau
   c. ein Kind
   d. ein alter Mann

14) Die Person fährt im Lastwagen mit, weil sie ____.
   a. in der „verrückten Currywurst" arbeiten will
   b. als Fahrer arbeiten will
   c. ihren Vater besuchen will
   d. ihren Sohn besuchen will

15) Der Sohn des Mannes heißt ____.
    a. Daniel
    b. Michael
    c. Thomas
    d. Felix

Kapitel 4 – Die Rückkehr

Der Lastwagen kommt nach einigen Stopps in Köln an. Der Fahrer stellt den Motor aus und wir steigen hinten aus. **Ich bedanke mich** vorne beim Fahrer, während der alte Mann hinter dem Lastwagen bleibt.

„Danke für die **Fahrt**."

„Bitte, Junge. **Mach's gut!**"

Der Mann und ich gehen in Richtung Stadtzentrum. Er weiß nicht, dass ich Michael kenne und dass er mein Freund ist.

Wir gehen eine Stunde lang und sehen dann „Die verrückte Currywurst". Wir gehen hinein, doch es ist niemand da. Es ist 17:00 Uhr und noch zu früh zum **Abendessen.**

Ich sage zu dem Mann: „Ich bringe Sie zur Wohnung Ihres Sohnes. Ich wohne auch in dem Haus, bei einem Freund. Dort wohnen viele Studenten."

„Das ist ja wunderbar", sagt der Mann, „vielen Dank. Und dann komm bitte mit zu meinem Sohn. Ich bin nämlich sehr nervös."

Ich weiß, dass Michael seinen Vater nicht kennt. Er hat mir von ihm erzählt, aber **ganz selten**. Ich weiß, dass sie sich nie **persönlich** gesehen haben. **Ich bin mir nicht sicher**, ob ich dem Mann sagen soll, dass ich Michael kenne. Besser nicht. Es soll eine große Überraschung werden.

Wir kommen am Haus an. Ich sage dem Mann, dass ich zuerst noch mein Handy holen muss.

Wir **nehmen den Aufzug** in die dritte **Etage** und steigen aus. Wir gehen bis zur Wohnungstür.

„Hier wohne ich", sage ich zu dem alten Mann.

„Gut", sagt der Mann, „und dann gehen wir gleich zu meinem Sohn, ja?"

Ich drücke auf die Klingel, aber keiner macht auf.

„Julia? Michael? Ist da jemand?"

Es antwortet keiner. Ich **hole** den **Schlüssel heraus**, den mir Michael gegeben hat. Ich öffne die Tür.

Der Mann fragt mich:

„Wo sind sie?"

„Keine Ahnung."

Ich gehe in Michaels Zimmer und mache meinen Rucksack auf. Im Rucksack habe ich ein **Ladegerät** für mein Handy. Endlich kann ich meine Schwester anrufen. Das Handy klingelt drei Mal und Julia antwortet:

„Ah, Daniel! Na endlich! Ich war sehr besorgt!"

„Hallo Julia. Mir geht's gut. Ich bin mit einem Mann in Michaels Wohnung."

„Mit einem Mann?"

„Ja, das ist eine lange Geschichte. Komm zur Wohnung, Julia. Wo bist du?"

„Ich **gehe** mit Michael **spazieren**. Wir sind gleich da, ja?"

„Gut, wir warten hier auf euch."

Wenig später kommen Michael und Julia in die Wohnung.

„Hallo! Wer sind Sie?", fragt Michael den alten Mann.

Bevor er antwortet, sage ich:

„Hallo, Michael. **Tut mir leid,** dass ich **ohne Erlaubnis mit einem Fremden** in deine Wohnung komme,** aber es ist wichtig."

„Was ist denn los?"

„Michael, das ist dein Vater."

Michael ist sehr **überrascht.**

„Mein Vater? Das ist nicht möglich!"

Der Mann fragt ihn:

„Du bist Michael?"

„Ja, das bin ich! Ich kann nicht glauben, dass Sie mein Vater sind."

„Ich heiße Hans Bergmeister. Ich bin dein Vater."

Michael starrt den Mann an. Dann versteht er, dass es wirklich sein Vater ist. Sie **umarmen** sich. **Nach all den Jahren** lernen sie sich endlich kennen. Für Michael war sein Vater **sein Leben lang** verschwunden, und jetzt ist er **plötzlich** da.

„Das muss **gefeiert** werden!", ruft Michael.

„**Einverstanden**, eine Superidee!", sagt Hans.

„Gehen wir in ‚Die verrückte Currywurst'?", fragt Julia.

Ich antworte: „Ich glaube, ich **habe** erstmal **genug von** Currywurst! Ich will nicht in das Restaurant und nicht mit dem Bus fahren! Ich will lieber eine Pizza!"

Alle lachen … und ich am Ende auch.

Anhang zu Kapitel 4

Zusammenfassung

Daniel und der alte Mann gehen in das Restaurant „Die verrückte Currywurst". Dort ist niemand, weil es noch zu früh ist. Dann gehen Sie zu Michaels Wohnung, aber Julia und Michael sind nicht da. Daniel ruft Julia mit dem Handy an. Die beiden kommen zurück zur Wohnung. Endlich lernt Michael seinen Vater kennen. Alle zusammen feiern das Wiedersehen.

Vokabeln

sich bedanken to say thank you
die Fahrt trip
Mach's gut! Take care!
das Abendessen dinner
ganz selten very rarely
persönlich personally
ich bin mir nicht sicher I'm not sure
den Aufzug nehmen to take the lift
die dritte Etage third floor
den Schlüssel herausholen to get out the key
das Ladegerät charger
spazieren gehen to go for a walk
(es) tut mir leid I apologize for, I am sorry
ohne Erlaubnis without permission
der Fremde stranger
überrascht surprised
umarmen to embrace
nach all den Jahren after so many years
sein Leben lang throughout his life
verschwunden missing, disappeared

plötzlich suddenly

feiern to celebrate

einverstanden agreed

genug haben von etwas to have enough of something

Fragen im Auswahlverfahren

Wählen Sie nur eine Antwort pro Frage aus.

16) Der alte Mann und Daniel gehen zuerst ____.
   a. zu Michaels Wohnung
   b. zu einer Telefonzelle
   c. zum Restaurant „Die verrückte Currywurst"
   d. zum Flughafen

17) Am Anfang ist in Michaels Wohnung ____.
   a. der Fahrer
   b. nur Julia
   c. nur Michael
   d. niemand

18) Als Daniel in Michaels Zimmer geht, ____.
   a. lädt er zuerst sein Handy auf
   b. macht er das Abendessen
   c. ruft er Michael an
   d. ruft er seine Eltern an

19) Daniel ruft ____.
   a. seine Eltern an
   b. Michael an
   c. Julia an
   d. den Fahrer an

20) Julia will ____.
   a. in „Die verrückte Currywurst" gehen
   b. in das Fischrestaurant gehen
   c. nach London
   d. nach Frankfurt

Das Wesen

Kapitel 1 – Der Ausflug

Silvia ist eine Frau, die gerne **wandert**. Sie lebt im Harz, in Niedersachsen. Das ist eine Region in Norddeutschland. Hier sind die Temperaturen mild und es regnet oft. Die Sommer sind nicht sehr heiß.

Fast jedes Wochenende nimmt Silvia ihren Rucksack und ihre Wasserflasche und läuft zum Wolfskopf. Der Wolfskopf ist ein **bekannter** Berg im Harz. Er ist fast 700 Meter hoch.

Der Wolfskopf ist bekannt für unterschiedliche **Freizeitaktivitäten**. Wandern, Joggen und Mountainbiken sind besonders **beliebt**.

Auch am letzten Samstag wollte Silvia wieder wandern. Aber diesmal war es anders als sonst. Dabei fing alles ganz normal an. Silvia traf ihren Freund Jochen am Anfang des Wanderweges. Da Jochen ebenfalls gern wandert, kam er mit auf den **Ausflug**.

„Silvia! Schön, dich mal wieder zu sehen!"

„Hallo Jochen, ich freue mich auch!"

Sie machten sich sofort auf den Weg.

„Jochen, geh nicht so schnell. Sonst geht uns gleich die Puste aus."

„Keine Sorge, ich habe doch ein **Energiegetränk** dabei."

„Jochen, welchen Weg nehmen wir? Den rechten oder den linken?"

„Hm, lass uns den linken Weg nehmen."

„Aber ich finde den rechten Weg besser."

„Warum denn, Silvia?"

„Weil man sagt, dass dort oft ein großes **behaartes** Wesen gesehen wurde."

„Glaubst du, dass da etwas dran ist?"

„Das können wir herausfinden, wenn wir den Weg nehmen."

„Na gut, Silvia. Dann also da entlang."

Einige Stunde später gingen sie immer noch auf dem Weg. Es war bereits Nachmittag.

Silvia fragte Jochen:

„Meinst du, dass es **ungewöhnliche** Wesen in den Wäldern gibt?"

„Nein, das glaube ich nicht."

„Warum nicht?"

„Ich habe noch nie solche Wesen gesehen. Du vielleicht?"

„Nicht in diesem Wald."

‚Was Silvia wohl damit meint?', dachte Jochen.

Der Wald wurde immer **dichter**. Die Sonne war verschwunden. Der Weg führte zu einem See, an dem ein Haus stand. Das Haus war aus **Holz** und schien alt zu sein.

„Guck mal da, Jochen."

„Wo?"

„Da! Da ist ein altes Holzhaus."

„Ah, ja! Jetzt sehe ich es auch! Gehen wir mal hin?"

„Und wenn da jemand ist?"

„Hab keine Angst. Da ist sicher niemand."

Die beiden gingen bis zum Haus. Sie schauten sich um, bevor sie hineingingen.

Silvia sagte:

„Das Haus scheint vor langer Zeit gebaut worden zu sein."

„Ja, Silvia. Sieh dir mal die Fenster und das Holz an. Sie sind sehr alt. Komm her!"

Sie sahen ein Boot am **Steg**. Das Boot sah genauso alt aus wie das Haus.

„Silvia, steigen wir ein?"

„Wozu?"

„Wir können zur Mitte des Sees fahren. Das macht bestimmt Spaß!"

„Auf geht's!"

Silvia und Jochen stiegen in das Boot und stellten ihre Rucksäcke ab. Das Holz war alt und etwas kaputt. Aber es schien in Ordnung zu sein. Es gab zwei **Ruder**. Sie ruderten in die Mitte des Sees.

Silvia sagte zu Jochen:

„Ist es nicht wunderschön hier, Jochen?"

„Ja, das stimmt. Und es ist so schön warm hier in der Sonne."

„Ja. Möchtest du etwas essen?"

„Klar, Silvia! Was hast du mitgebracht?"

Silvia nahm Kuchen und **Butterbrote** aus ihrem Rucksack.

„Was möchtest du?"

„Das Butterbrot sieht sehr lecker aus."

„Dann nimm es dir bitte, Jochen."

„Danke!"

Sie aßen in Ruhe. **Plötzlich** hörten sie ein **Geräusch**, das aus dem Haus kam.

„Hast du das gehört?", sagte Jochen zu Silvia.

„Ich glaube, es kommt aus dem Haus."

„Das glaube ich auch. Komm!"

Jochen und Silvia ruderten schnell ans Ufer. Sie nahmen ihre Rucksäcke aus dem Boot und liefen zum alten Holzhaus.

„Jochen, ich habe dir vorher nichts gesagt, aber ich wollte zu diesem Haus gehen."

„Warum? Ich habe gedacht, dass wir einfach nur wandern gehen."

„Ja, aber in den Wäldern gibt es viele **verlassene Hütten**. Die interessieren mich besonders."

„Dann gehen wir doch rein."

Nach ein paar **Schritten** öffneten sie die Tür. Sie gingen hinein. Das Haus schien seit vielen Jahren nicht mehr genutzt worden zu sein. Überall lag **Staub**.

„Silvia, schau dir das mal an!"

„Was?"

„Hier, unter dem Fenster."

Was war denn das? Auf dem Boden waren sehr große **Abdrücke**.

„Was glaubst du, woher die Abdrücke kommen?"

„Vielleicht von einem Bären", meinte Silvia.

„Von einem Bären, Silvia? Aber im Harz gibt es doch keine Bären!"

„Aber vielleicht **inzwischen** doch! Es gibt ja auch wieder Wölfe hier. Lass uns verschwinden!"

Plötzlich hörten sie Geräusche in der Küche. Schon rannte eine großes, haariges Wesen an ihnen vorbei. Es **grunzte** und lief sehr schnell. Silvia und Jochen waren noch **wie gelähmt,** als das Wesen im Wald verschwand. Ob es vielleicht doch Bären im Harz gab?

Anhang zu Kapitel 1

Zusammenfassung

Silvia und Jochen machen einen Ausflug. Sie gehen am Wolfskopf, einem Berg im Harz in Norddeutschland, wandern. Sie tragen Rucksäcke mit Energiegetränken und Essen. Sie gehen durch den Wald und entdecken an einem See ein altes Haus. Die beiden fahren mit einem Boot auf den See hinaus. Dann hören sie Geräusche im Haus. Sie sehen im Haus nach und begegnen einem großen haarigen Wesen. Das Wesen rennt in den Wald.

Vokabeln

das Wesen creature

wandern to hike

bekannt well-known, popular

die Freizeitaktivität leisure acitivy

beliebt popular

der Ausflug excursion

sich auf den Weg machen set off

Sonst geht uns gleich die Puste aus. Otherwise we might run out of steam soon.

das Energiegetränk energy drink

behaart furry, hairy

ungewöhnlich strange

dicht dense

das Holz wood

der Steg boat landing, dock

das Ruder oar

das Butterbrot sandwich

plötzlich all of the sudden, suddenly

das Geräusch noise

verlassen abandoned
die Hütte cottage, hut
der Schritt step
der Staub dust
der Abdruck footprint
inzwischen in the meantime
grunzen grunt
wie gelähmt as though they were paralyzed

Fragen im Auswahlverfahren

Wählen Sie nur eine Antwort pro Frage aus.

1) Silvia und Jochen sind aus ____.
   a. Köln
   b. Niedersachsen
   c. Düsseldorf
   d. Bayern

2) Sie wandern ____.
   a. auf einem Berg
   b. an einem Strand
   c. zu einem kleinen Dorf
   d. bei einer großen Stadt

3) Der Weg führt sie ____.
   a. zu einem Dorf
   b. in eine Stadt
   c. zu einem Geschäft
   d. zu einem Haus

4) Sie sehen das Boot und ____.

   a. setzen sich hinein und essen

   b. schlafen in ihm

   c. wärmen sie sich darin

   d. rudern damit auf die andere Seeseite

5) Am Ende des Kapitels hören sie Lärm ____.

   a. auf dem Boot

   b. aus dem Haus

   c. auf dem See

   d. im Wald

Kapitel 2 – Die Suche

„Hast du das gesehen, Silvia?"

„Ja! Was war das?"

„Keine Ahnung! Aber es war ein großes und **hässliches** Wesen."

„Was machen wir jetzt, Jochen?"

„Lass uns hinterhergehen."

„Was? Du willst es **verfolgen**?"

„Natürlich!"

Jochen und Silvia gingen aus dem alten Holzhaus. Sie folgten den Abdrücken bis in den Wald.

„Hier sind viele Bäume und viele Wege", sagte Jochen. „**Wir müssen uns trennen**."

„Bist du verrückt, Jochen! Uns trennen? Da **läuft** ein großes und hässliches Wesen **frei herum**, und wir wissen nicht, was es ist!"

„Ja schon, Silvia. Aber falls wir das Wesen mit dem Handy filmen können, **kommen wir** vielleicht **in die Nachrichten**."

„Ist doch egal!"

„Ich würde gerne in die Nachrichten kommen."

Nach zwei Stunden gingen Silvia und Jochen immer noch durch den Wald. Sie suchten das Wesen. Silvia glaubte nicht mehr, dass das Wesen **echt** sein könnte. Vielleicht war das alles nur ein schlechter Traum?

Jochen aber sagte immer wieder, dass das Wesen bestimmt echt sei. Ein Tier wie ein Yeti, das noch nie gefilmt wurde.

Die beiden kamen an eine besonders dichte Stelle im Wald. Jochen sagte Silvia, sie solle warten. Vielleicht **versteckte** sich das Wesen hier? Er lächelte Silvia an und verschwand zwischen den Bäumen.

Jochen kam nicht wieder heraus. Silvia wartete einige Minuten. Sie hörte nichts, sie sah nichts. Nach einer Stunde immer noch kein Jochen!

Silvia schaute auf ihr Handy. Sie hatte an dieser Stelle keinen **Empfang**. Niemand konnte ihr helfen. Da es schon sehr spät war und sie fast nichts mehr sehen konnte, ging sie zum Haus zurück. Sie setzte sich auf ein altes Bett, das dort stand und wartete auf Jochen. Sie holte ein Butterbrot aus ihrem Rucksack und aß. Am Ende **schlief sie ein**.

Sehr früh am nächsten Morgen wachte Silvia auf. Immer noch kein Jochen! Silvia **machte sich große Sorgen um** Jochen. Sie musste jetzt Hilfe holen. Stundenlang ging sie den Weg zurück. Schließlich kam sie in ein **Dorf**.

Im Dorf war viel los. Die Leute arbeiteten in ihren Gärten. Kinder **rannten** und spielten auf dem Weg zur Schule, Autos fuhren vorbei. Es roch nach Frühstück. Silvia hatte **Lust auf** einen Kaffee und ging ins Dorfcafé. Dort frühstückten viele Leute. Silvia hatte immer noch keinen Empfang auf ihrem Handy.

Sie ging zum Kellner und sagte:

„Guten Tag."

„Guten Tag. Was wünschen Sie?"

„Darf ich das Telefon benutzen?"

„Natürlich, gerne. Es ist dort an der Wand."

„Danke."

„Wünschen Sie noch etwas?"

„Ja, bitte einen Kaffee."

Silvia ging zum Telefon und **wählte** Jochens **Nummer**. Vielleicht war ihr Handy das Problem. Aber nein. Sein Telefon hatte auch keinen Empfang. Sie dachte nach und entschied: ‚Ich rufe bei Jochen zu Hause an.'

Das Telefon klingelte einmal, zweimal, dreimal. Warum **nahm** niemand **ab**? Was war bloß los? Jochen wohnte bei seinem Bruder. Der war normalerweise den ganzen Tag zu Hause, weil er dort arbeitete.

Silvia trank ihren Kaffee und rief noch einmal an. Niemand nahm ab.

Silvia verließ das Café und setzte sich auf eine **Bank**. Dort dachte sie noch einmal nach. Silvia war eine sehr intelligente Frau, die selten **nervös** wurde.

Sie **beschloss**, direkt zu Jochens Haus zu fahren. Vielleicht war er ja da und schlief? Auf der Straße stand ein Taxi. Der Fahrer öffnete die Tür und Silvia stieg ein.

„Sind Sie auf dem Weg zur Arbeit?", fragte der Taxifahrer nach einer Weile.

„Nein, ich möchte einen Freund zu Hause besuchen."

„Was für ein Glück! Ich muss den ganzen Tag arbeiten!"

Silvia sagte nichts mehr. Der Taxifahrer war sehr nett, aber sie hatte keine Lust zu reden. Sie wollte nur noch Jochen finden. Sie glaubte nicht, dass es ein seltsames Wesen im Wald gab. Sie wollte endlich wissen, wo ihr Freund war.

„Da sind wir", sagte der Taxifahrer zu Silvia. „Das macht dann 9,50 Euro."

„Hier bitte, der Rest ist für Sie."

„Danke! Schönen Tag noch!"

„Warten Sie bitte einen Moment?"

„Ja, kein Problem."

Silvia stieg aus und ging zu Jochens Haus. Es war ein großes Haus mit zwei **Etagen,** einem Garten und einer Garage. Es befand sich in einem sehr schönen und ruhigen **Viertel**. Es gab auch Geschäfte, wo man Obst, Brot und **alles Notwendige** kaufen konnte. Jochens Auto stand vor dem Haus. War Jochen doch schon zu Hause? Hatte er vielleicht seinen Bruder angerufen?

Silvia war **ratlos**. Wenn Jochen mit dem Auto nach Hause gefahren war, warum hatte sie dann keine Nachricht auf ihrem Handy?

Silvia klingelte dreimal an der Tür, aber niemand antwortete.

Sie ging besorgt zum Haus ihrer beiden Freundinnen Claudia und Veronika. Aber die beiden waren auch nicht zu Hause. Und ihre Handys waren **ausgeschaltet**. Was war nur los? Seitdem sie dieses Monster getroffen hatten, waren alle ihre Freunde verschwunden.

Etwas musste passieren. Die Polizei konnte sie nicht anrufen. Sie konnte doch der Polizei nichts einem haarigen Wesen im Wald erzählen. Außerdem stand Jochens Auto vor der Tür. Aber wo war er? War er doch verletzt oder krank und lag im Krankenhaus? Sie musste selbst **die Initiative ergreifen** und ihn finden.

Wenige Minuten später stieg sie wieder ins Taxi. Diesmal fand sie einen kürzeren Weg zum Haus am See. Als sie aus dem Wald kam, war sie für einen Moment wie gelähmt: In der dunklen Hütte war Licht. Und Silvia wusste genau, dass sie am Morgen das Licht ausgemacht hatte.

Anhang zu Kapitel 2

Zusammenfassung

Silvia und Jochen suchen das Wesen im Wald. Plötzlich verschwindet Jochen. Silvia weiß nicht, wo er ist. Sie geht zurück zum Haus. Sie ist müde und schläft in einem alten Bett ein. Am nächsten Morgen ist Jochen immer noch nicht da. Sie ist sehr besorgt. Immer wieder ruft sie Jochen auf dem Handy an. Sie fährt mit dem Taxi zu Jochens Haus. Jochens Auto steht vor dem Haus, aber er ist nicht da. Auch Silvias Freundinnen sind nicht da. Silvia versteht nicht, was passiert ist. Schließlich geht sie zum alten Haus am See zurück.

Vokabeln

hässlich ugly

verfolgen to pursue

Wir müssen uns trennen. We have to split up.

frei herumlaufen to be on the loose

in die Nachrichten kommen to be in the news

echt real

verstecken to hide

der Empfang network coverage

einschlafen to fall asleep

sich Sorgen machen to worry

das Dorf village

rennen to run

Lust haben to feel like, to be in the mood for

eine Nummer wählen to dial a number

abnehmen to answer the phone

die Bank bench

nervös nervous

beschließen to decide

Was für ein Glück! How nice!

die Etage floor

das Viertel neighbourhood, quarter

alles Notwendige everything you need

ratlos helpless

ausgeschaltet switched off

die Initiative ergreifen to take the initiative

Fragen im Auswahlverfahren

Wählen Sie nur eine Antwort pro Frage aus.

6) Silvia glaubt, das Wesen ist ____.
   a. auf jeden Fall echt
   b. wahrscheinlich nicht echt
   c. Jochen
   d. ein Yeti

7) Jochen verschwindet ____.
   a. im See
   b. auf dem Weg
   c. in einem Dorf
   d. im Wald

8) Silvia schläft ____.
   a. im Wald
   b. im Boot am See
   c. in einem Bett im Haus
   d. im Taxi

9) Als Silvia aufwacht, ____.
   a. geht sie zum Dorf
   b. rudert sie auf den See hinaus
   c. ruft sie Jochens Eltern an
   d. ruft sie ihre Eltern an

10) Als Silvia zurück zum See geht, sieht sie _____.

    a. das verbrannte Haus

    b. Licht im Haus

    c. das Wesen im Haus

    d. Jochen im Haus

Kapitel 3 – Die Überraschung

‚Licht im Haus!', dachte Silvia. ‚**Das darf doch nicht wahr sein!**'

Silvia ging den Weg, der zum See führte, hinunter und stellte ihren Rucksack neben einen Baum. Sie **näherte sich** dem Haus. Sie konnte keine Leute sehen, sondern nur das **dämmrige** Licht. Sie ging einmal um das Haus herum. Sie wollte wissen, ob wirklich jemand im Haus war.

„Hallo?", rief sie. „Ist da jemand? Ich bin es, Silvia!"

Keine Reaktion. Aber da waren doch Geräusche im Haus …

„Jetzt reicht es aber, Jochen!"

Silvia näherte sich der Tür und öffnete sie. Was war denn hier los? **Sie traute ihren Augen nicht**.

Was machten denn die vielen bekannten Gesichter hier? Es waren viele Leute im Raum: ihre Mutter, andere **Verwandte**, ihre Freundinnen Claudia und Veronika. Auch ein Hund war dabei.

„Silvia!", riefen alle. „Da bist du ja!"

„Hallo!", sagte Silvia. „Was ist hier los?"

„Jetzt setz dich erstmal. Wir werden dir alles erklären."

Silvia setzte sich auf das alte Bett, in dem sie die letzte Nacht geschlafen hatte.

„Also: Was ist los?", fragte Silvia.

Die Leute sahen sie mit besorgten Gesichtern an. Niemand sagte etwas.

„Und wo ist Papa?", fragte Silvia ihre Mutter.

„Er arbeitet noch, aber er kommt gleich."

„Kann mir endlich jemand sagen, was hier passiert?"

Ihre Mutter stand auf und schien Silvia alles erzählen zu wollen.

„Wir glauben, dass Jochen von einem Wesen in den Wald mitgenommen wurde."

„Wie? Woher wisst ihr, dass wir ein Wesen gesehen haben?"

„Jochen hat mir mit seinem Handy eine Nachricht geschickt. Er **bat um Hilfe**, aber dann hatte er kein Netz mehr."

Silvia verstand immer noch nichts und sagte:

„Warum seid ihr alle hier?"

„Weil wir Jochen suchen wollen."

„Jetzt?"

„Ja, jetzt."

Alle standen auf. Sie nahmen ihre Rucksäcke. Sie hielten ihre **Taschenlampen** in der Hand, als sie aus dem Haus gingen. Sie teilten sich in **Vierergruppen** auf.

Silvia blieb in der Tür stehen. Sie dachte nach.

‚Ich verstehe das nicht. Jochen geht doch nicht einfach ohne mich weg. Er weiß genau, dass ich mir Sorgen um ihn mache. Und warum schickt er meiner Mutter eine Nachricht und mir nicht? Warum sind alle meine Freunde hier, seine aber nicht? Irgendwie **kommt mir das alles spanisch vor**.'

Als sie aufsah, war niemand mehr da.

„Hallo? Wo seid ihr? Ist da jemand?", rief sie. Keine Reaktion.

Silvia ging bis zum **Waldrand**. Es war dämmrig. Sie machte ihre Taschenlampe an.
„Hallo? Ist da jemand?"
Niemand da. **Weder** jemand aus ihrer Familie **noch** ihre Freundinnen Claudia und Veronika.
„Ich verstehe das nicht!"

Silvia ging zurück zum Haus am See und setzte sich auf das alte Bett. Sie wartete einige Minuten, aber niemand kam. Und dann war da plötzlich wieder ein Geräusch in der Küche.
Silvia nahm ihre Taschenlampe in die Hand und stand **zitternd** vom Bett auf. Sie ging langsam zur Küche. Schritt für Schritt näherte sie sich. Sie musste wissen, was da in der Küche war. Waren es vielleicht nur ihre Freundinnen? Oder ihre Mutter?
Sie **knipste** die Taschenlampe **an** und schon stand das Wesen vor ihr: groß, hässlich und sehr behaart.
Silvia schrie und rannte aus dem Haus.
„Hilfe! Hilfe!"

Das Wesen war schneller und **holte** Silvia **ein**. Sie fiel auf den Boden. Das Monster **packte** sie und hielt sie fest. Silvia hatte keine Chance, sich zu befreien.
Silvia war wie gelähmt. Auf einmal ließ das Wesen sie los und stand auf. Es sah sie an ... und reichte ihr die Hand zum Aufstehen!
Silvia rief: „Verdammt nochmal! Was ist hier eigentlich los?"

Da bewegte sich etwas zwischen den Bäumen. Alle, die vorher im Haus waren, kamen mit angeknipsten Taschenlampen aus dem Wald. Sie fingen an zu singen.

In diesem Augenblick war Silvia alles klar. Langsam zog das Wesen die Verkleidung aus. Es war ihr Vater!

„Herzlichen Glückwunsch zum Geburtstag, Schatz!"

„Herzlichen Glückwunsch zum Geburtstag!" riefen alle.

Silvia wusste nicht, ob sie weinen oder lachen sollte.

„Papa, du bist das Wesen? Und du warst es auch die ganze Zeit?"

„Ja, Silvia. Die ganze Zeit."

„Und wo ist Jochen?"

Jetzt kam Jochen aus dem Wald, unverletzt und sauber.

„Tut mir leid, Silvia. Wir haben dir einen üblen **Streich gespielt**, aber dafür bekommst du auch ein wirklich tolles Geschenk."

„Das muss aber auch ein ganz besonderes Geschenk sein", sagte Silvia.

Die ganze Gruppe ging zurück zum Haus.

„Wir haben dir zum Geburtstag dieses alte Haus gekauft", sagte ihre Mutter. Wir werden es alle zusammen **renovieren**. Es wird dein **Ferienhaus**."

„Nein, wirklich?!"

Silvia lachte. Und dann fing sie an zu weinen. Jochen war nichts passiert. Ihr war auch nichts passiert. Und jetzt hatte sie ein Ferienhaus!

Schließlich sagte Silvia: „Damit eines klar ist: Das Wesen weiß hoffentlich, dass es in diesem Haus bestimmt nicht willkommen ist. Keine Party mit Monstern!" Alle **klatschten** und lachten laut. Dann gingen sie ins Haus. Dort warteten Kaffee und Kuchen. Und auch eine **Erholungspause** für das Geburtstagskind.

Anhang zu Kapitel 3

Zusammenfassung

Silvia sieht Licht im Haus am See. Sie nähert sich dem Haus und geht hinein. Im Haus sind ihre Mutter, weitere Verwandte und einige Freunde. Sie verlassen das Haus, um gemeinsam Jochen zu suchen. Silvia bleibt zurück. Sie hört wieder Geräusche in der Küche, kurz darauf sieht sie das behaarte Wesen. Silvia rennt hinaus, aber das Wesen folgt ihr. Sie kämpfen miteinander. Plötzlich lässt das Wesen Silvia los. Es ist in Wirklichkeit Silvias Vater. Die Freunde und Verwandten kommen aus dem Wald und gratulieren Silvia zum Geburtstag. Sie haben ihr einen Streich gespielt. Das Haus am See ist ein Geburtstagsgeschenk.

Vokabeln

die Überraschung surprise
Das darf doch nicht wahr sein! It simply isn't true!
sich etwas nähern to approach something
dämmrig dim
sie traute ihren Augen nicht she didn't believe her eyes
der Verwandte relative
um Hilfe bitten to ask for help
die Taschenlampe torch, flashlight
die Vierergruppe group of four
es kommt mir (alles) spanisch vor I think there is something wrong
der Waldrand edge of the woods
weder … noch neither … nor
zitternd shaking
anknipsen to switch on
jemanden einholen to catch up with someone

jemanden packen to grab someone

die Verkleidung disguise

Herzlichen Glückwunsch zum Geburtstag! Happy birthday!

jemandem einen (üblen) Streich spielen to play a (bad) prank on someone

renovieren to redecorate, to renovate

das Ferienhaus summer house

klatschen to applaud

die Erholungspause break

Fragen im Auswahlverfahren

Wählen Sie nur eine Antwort pro Frage.

11) Als Silvia wieder zum Haus geht, trifft sie ____.
    a. Jochen
    b. ihren Vater
    c. Verwandte und Freunde
    d. das Wesen

12) Sie beschließen, ____.
    a. Jochen zu suchen
    b. Jochen auf seinem Handy anzurufen
    c. das Wesen im Wald zu suchen
    d. zum Dorf zu gehen

13) Als Silvia zurückbleibt und nachdenkt, ____.
    a. sieht sie etwas Eigenartiges im See
    b. trifft sie ihren Vater
    c. trifft sie das Wesen
    d. sind plötzlich alle anderen verschwunden

14) Als sie später im Haus auf dem alten Bett sitzt, ____.
   a. hört sie ein Geräusch in der Küche
   b. wird sie auf dem Handy angerufen
   c. kommen auch Claudia und Veronika ins Haus
   d. trifft sie ihre Mutter

15) Das Wesen war ____.
   a. ihre Mutter
   b. Jochen
   c. ihr Vater
   d. ein Bär

Der Ritter

Kapitel 1 – Das Gold

Vor langer Zeit existierte ein wunderbares **Königreich** mit vielen exotischen Menschen, Tieren und fantastischen **Wesen**. Eines Tages reiste ein Ritter durch das Königreich. Er war in Schwarz und Weiß gekleidet.

Auf dem **Marktplatz** hielt er an. Er wollte Früchte kaufen.

„Hallo, mein Herr", sagte der **Obsthändler**.

„Hallo."

„Was für Früchte wünschen Sie?"

„Fünf Äpfel, bitte."

Der Obsthändler gab dem Ritter ein die Äpfel. Der Ritter bezahlte und ging weiter über den Marktplatz.

Es war ein großer Platz mit vielen Händlern und Menschen, die etwas kaufen wollten. Der Ritter ging zu einem Händler, der ganz bestimmte Produkte anbot. Der Ritter sprach ihn an:

„Hallo, Händler."

„Was wünschen Sie, mein Herr?"

„Ich brauche deinen **Zaubertrank**, Händler."

„Zaubertrank? Was für einen Zaubertrank?"

Der Ritter sah ihn lange an. Dann sagte er:

„Ich glaube, du weißt genau, was ich meine."

„Hmm. Welche Art von Zaubertrank soll es denn sein?"

„Ich brauche den Zaubertrank für **Stärke**."

Der Händler sah zuerst nach links, dann nach rechts. Schließlich sagte er leise zu dem Ritter:

„Es tut mir leid. Ich habe den Zaubertrank nicht hier. Und es ist nicht leicht, ihn **zuzubereiten**. Die **Zutaten** sind sehr teuer. "

„Ich habe genug Gold, um dich zu bezahlen. Wie lange dauert es, zwei Zaubertränke für Stärke zuzubereiten?"

„Kommen Sie heute Nachmittag zurück. Ihre Zaubertränke werden dann fertig sein."

„Ich danke dir, Händler."

Der Ritter ging weiter über den Marktplatz. Die Menschen schauten ihn an. Sie hatten ihn hier noch nicht gesehen. Aber sie kannten ihn trotzdem. Er war **berühmt**. Er reiste von Königreich zu Königreich und kämpfte gegen die **Feinde** der Könige.

Der Ritter ging zum **Haupttor** der **Burg**. Zwei **Wächter** hielten ihn an.

„Wer bist du?", fragte einer der Wächter.

„Ich heiße Lars. Ich will den König sprechen."

„Das wollen viele Leute. Der König hat keine Zeit für dich. Geh!"

Lars sah den Wächter ernst an. Dann stellte er seinen Rucksack auf den Boden. Lars nahm ein Dokument heraus. Lars gab es dem Wächter.

„Sieh dir dieses Dokument an", sagte Lars. „Es hat das **Siegel** des Königs."

Der Wächter sah das Dokument an. Es war eine **Einladung** des Königs.

„Nun gut", sagte der Wächter „tritt ein."

„Danke."

Der Ritter ging durch das große Tor in die Burg hinein. Die Burg war groß und hatte hohe Mauern. Lars kam zu einem zweiten Tor. Auch hier ließen ihn die Wächter durch.

Lars kam nun in einen großen **Saal**. Dort gab es viele Wächter, die ihn **misstrauisch** ansahen. Sie wussten nicht, was Lars wollte. Der Ritter wartete.

Schließlich betrat König Andur den Saal. Er war in Rot gekleidet und trug eine große **Krone** aus Gold.

„Du bist also Lars?", fragte König Andur.

„Ja, ich bin Lars. Ich wollte mit Ihnen reden", sagte Lars und hielt die Einladung hoch.

„Komm mit."

Als sie allein waren, setzte sich König Andur. Auch der Ritter setzte sich. Der König reichte Lars ein kühles Getränk.

„Danke, dass du gekommen bist. Ich sehe, du hast meine Einladung erhalten", sagte der König.

„Ja, das habe ich. Sie brauchen also Hilfe?"

„Was meinst du, wofür ich deine Hilfe brauche?"

„Sie brauchen jemanden, der eine **Lieferung** Gold ins Königreich Ihres Bruders bringt. Und ich bin der Einzige, dem Sie vertrauen können."

„Warum sollte ich dir vertrauen, Ritter?"

„Die Menschen vertrauen mir seit langer Zeit. Auch Könige. Ich habe noch nie **jemanden betrogen**."

„Es ist sehr viel Gold."

„Ja, es ist viel Gold. Aber ich brauche kein Gold. Ich habe selbst genug. Und ich habe viele **Abenteuer** erlebt."

„Und warum willst du noch ein Abenteuer? Hast du davon noch nicht genug?"

„Für einen Ritter wie mich kann es nicht genug Abenteuer geben. Abenteuer sind mein Leben."

Der König dachte nach. Dann entschied er:

„Dann soll es so sein. Sag meinen Wächtern, dass du die Lieferung Gold ins Königreich meines Bruders bringst."

„Danke, König Andur."

„Danke mir noch nicht, Lars. Erst wenn mein Bruder sagt, dass alles in Ordnung ist, wird auch wirklich alles gut sein."

Der Ritter ging zurück zu den Wächtern im großen Saal. Einer von ihnen hieß Alfred. Dieser sagte zu Lars:

„Da bist du ja wieder. Wir haben es schon gehört: Du sollst also die Lieferung Gold zum Bruder des Königs bringen."

„Ja, ich bringe König Arthuran das Gold."

„Na, dann viel Glück!", lachte der Wächter. „Das soll ein langer, **gefährlicher** Weg sein. Wahrscheinlich wirst du nie ankommen."

Auch die anderen Wächter lachten. Dann wurde es still und der Wächter sagte ernst:

„Ihr habt es gehört, Männer. **Bereitet** alles **vor**, wir machen uns morgen früh auf den Weg."

Während die Wächter den Transport vorbereiteten, ging Lars zum Händler zurück.

„Nun, Händler, hast du meine beiden Zaubertränke?"

„Ja, hier sind sie", antwortete der Händler. „Aber es war wirklich nicht leicht, die Zutaten zu bekommen. Das macht sechs Goldstücke."

Lars sah den Händler lange an. Dann bezahlte er und nahm die beiden Zaubertränke an sich. Er ging ohne ein weiteres Wort.

Am nächsten Morgen war alles vorbereitet. Drei Wächter sollten den Ritter **begleiten**. Sie trugen Waffen. Sie gingen mit dem Ritter zum nördlichen Weg. Dieser führte direkt ins Reich des Bruders von König Andur, Arthurans. Am Weg standen die Pferde mit dem Wagen und dem Gold.

Alfred, immer noch misstrauisch, sagte zu dem Ritter:

„Ich sehe, du bist bereit, Lars. Bevor wir fahren, sollst du eines wissen: Wir sind die besten Wächter des Königs. Was immer passiert, wir **helfen** dir. Aber wir töten dich, wenn du versuchst, das Gold zu **stehlen**."

Der Ritter lächelte. Alfred blickte Lars direkt in die Augen und sagte: „Das ist überhaupt nicht lustig. Das ist sehr ernst."

„Ich weiß, Alfred", antwortete Lars.

Der Ritter sah hinüber zum Wagen. Dort lagen die Taschen mit dem Gold. Wieder lächelte er. Dann machte sich die Gruppe auf den Weg, der in einen Wald führte.

Anhang zu Kapitel 1

Zusammenfassung

Lars ist ein berühmter Ritter. Er kommt ins Reich von König Andur. Dort kauft er bei einem Händler zwei Zaubertränke für Stärke. Lars hat eine Einladung von König Andur bekommen. Er soll eine Lieferung Gold in das Königreich von Andurs Bruder Arthuran bringen. Drei Wächter des Königs bereiten alles vor. Sie sollen ihn begleiten.

Vokabeln

der Ritter knight
das Königreich kingdom
das Wesen creature
der Marktplatz market square
der Obsthändler fruit seller
der Zaubertrank potion
die Stärke strength, power
zubereiten to prepare
die Zutat ingredient
berühmt famous
der Feind enemy
das Haupttor main gate
die Burg castle
der Wächter guard
das Siegel seal
die Einladung invitation
der Saal hall
misstrauisch suspiciously
die Krone crown
die Lieferung delivery, cargo
jemanden betrügen to betray somebody

das **Abenteuer** adventure

gefährlich dangerous

vorbereiten to prepare, arrange

begleiten to accompany

stehlen to steal

Fragen im Auswahlverfahren

Wählen Sie nur eine Antwort pro Frage aus.

1) Der Ritter ist in den folgenden Farben gekleidet: ____.
   a. Schwarz und Rot
   b. Schwarz und Weiß
   c. Schwarz und Blau
   d. Weiß und Rot

2) Der Ritter kauft ____.
   a. einen Zaubertrank für Stärke
   b. zwei Zaubertränke für Stärke
   c. einen Zaubertrank aus Äpfeln
   d. zwei Zaubertränke aus Äpfeln

3) Am Haupttor der Burg spricht Lars mit ____.
   a. dem König
   b. dem Obsthändler
   c. dem Bruder des Königs
   d. den Wächtern

4) Die Lieferung von König Andur ____.
   a. sind Äpfel
   b. sind Zaubertränke
   c. ist Gold
   d. sind Wächter

5) Die Reise führt ____.

    a. ans Meer

    b. in das Königreich des Bruders von König Andur

    c. auf den südlichen Weg

    d. zum Marktplatz des Königreiches

Kapitel 2 – Der Wald

Der Ritter ging voran. Ihm folgten die drei Wächter, die Pferde und der Wagen mit der Goldlieferung.

Der Wächter Alfred fragte:

„Lars, was **steht uns** auf diesem Weg **bevor**?"

„Dies ist keine ruhige Reise, Alfred. Der Weg ist sehr gefährlich."

„Das glaube ich auch. Wie ist dein Plan?"

„Wenn möglich, wollen wir nicht kämpfen. Denn es gibt hier einige **Ungeheuer**, gegen die ich nicht kämpfen möchte."

„Bist du kein guter Kämpfer, Lars?"

„Du weißt, dass ich noch nie einen Kampf verloren habe. Deshalb bin ich **berühmt**."

„So soll es auch bleiben."

Ritter Lars und die drei Wächter gingen über eine große **Steinbrücke**. Sie war der Brücke zur Burg von König Andur sehr **ähnlich**.

„Alfred", sagte Lars, „diese Brücke sieht so ähnlich aus wie die Brücke zu König Andurs Burg."

„Ja, Lars. Wir haben sie vor langer Zeit gebaut."

„Ihr?"

„Nein, nicht wir, aber Menschen aus unserem Königreich haben sie vor vielen Jahren gebaut."

Auf der anderen Seite der Brücke war ein großer Wald. Er war sehr still. Man hörte keine Tiere, auch sonst hörte man nichts.

„Warum ist der Wald so still?", fragte Alfred.

„Wir gehen gerade in den ‚Wald der Stille' hinein. Hier gibt es keine Tiere, nur Bäume."

„Warum nicht?"

„Vor langer Zeit gab es eine große **Schlacht** zwischen König Andur und seinem Bruder."

Alfred war noch jung. Er hatte noch nie von dieser Schlacht gehört. Und er hatte immer gedacht, dass König Andur und sein Bruder **sich gegenseitig vertrauten**.

„Das hast du nicht gewusst, nicht wahr?", fragte Lars.

„Nein", antwortete Alfred, „ich habe immer gedacht, dass Andur und Arthuran noch nie gegeneinander gekämpft haben."

„Doch, aber das ist viele Jahre her."

Der Wald der Stille war sehr dunkel. Es gab fast kein **Tageslicht**. Die Bäume waren sehr hoch. Sie hatten große Äste.

„Kennst du den Weg, Ritter?", fragte Alfred.

„Ja, der Wald ist sehr dunkel, aber ich kenne den Weg."

„Warst du schon einmal hier?"

Lars lächelte und sagte:

„Ja, ich war schon einmal hier."

„Wann war das?"

„Vor vielen Jahren."

Der Ritter erinnerte sich an die Jahre, als König Andur gegen seinen Bruder kämpfte. Eine der größten Schlachten **fand** in diesem Wald **statt**. Vor der

Schlacht hieß er „Wald der Tiere". Nach der großen Schlacht nannte man ihn den Wald der Stille.

Lars sagte:

„Als ich jung war, kämpfte ich für König Andur. Es war eine große Schlacht."

„Warum fand diese Schlacht statt?"

„König Andur begann die Schlacht."

„Aber warum wollte er gegen seinen Bruder kämpfen?"

„König Andur wollte eine **Quelle**, die sich in diesem Wald befand."

Sie gingen einige Minuten, ohne etwas zu sagen. Alfred dachte nach. Er wollte mehr über die Schlacht wissen. Er musste wissen, was vor Jahren passiert war. War König Andur doch kein **friedlicher** König, der gegen niemanden kämpfte?

„Kann ich dich noch etwas fragen, Ritter?"

„Ja, nur zu."

„Was ist das für eine Quelle?"

„Warte, du wirst es sehen."

Lars und Alfred **schwiegen** eine Stunde lang. Die anderen Wächter sprachen manchmal leise miteinander. Es blieb ziemlich dunkel. Nichts als Bäume und Stille. Schließlich kam die Gruppe an einen See.

„Wir sind da", sagte der Ritter und blieb stehen.

„Was ist das für ein See?", fragte Alfred.

„Vor vielen Jahren war dieser See eine Quelle."

„Die Quelle, von der du vorher sprachst?"

„Ja."

Die drei Wächter und der Ritter standen am See. Dann sagte Lars:

„Vor langer Zeit war das nur eine Quelle. Mit ganz wenig Wasser, nicht so wie jetzt. Das Wasser aus der Quelle war Zauberwasser. Es **verlieh** jedem, der davon trank, **Zauberkräfte.**

„Welche Art von Zauberkräften?"

„Das Wasser verlieh jedem, der davon trank, Stärke."

Alfred trank von dem Wasser.

„Hm, das ist ganz normales Wasser."

„Sicher", sagte Lars, „jetzt ist es normales Wasser. Aber vor vielen Jahren war es Zauberwasser."

Alfred trocknete seine Hände und sagte:

„Und warum ist es jetzt kein Zauberwasser mehr?"

„Als die Königsbrüder von dem Zauberwasser hörten, **ritten** sie sofort zur Quelle. Jeder wollte das Zauberwasser, von dem es nur wenig gab, für sich alleine. Deshalb kämpften sie gegeneinander."

„Und was geschah dann?"

„Sie holten ihre **Soldaten** und der Kampf ging weiter. Die Schlacht dauerte Tage … Wochen … Monate. Während der Kämpfe tranken die Soldaten und ihre Pferde so viel Wasser, wie sie konnten. Sie **badeten** sogar darin. Es **blieb** kaum etwas übrig. Jetzt ist es ein See mit Regenwasser."

„Was geschah mit dem kleinen Rest Zauberwasser?"

„Arthuran hat den Rest Zauberwasser. Und er kennt das **Geheimnis**, wie man aus einem Tropfen Zauberwasser mehr Zauberwasser machen kann. Es ist schwer und es dauert lange. Aber es ist möglich."

„Das ist das Geheimnis?", frage Alfred.

„Nun, das ist nicht das ganze Geheimnis", sagte Lars. „Wir gehen jetzt besser weiter."

Die Gruppe kam langsam aus dem Wald der Stille heraus. Die Bäume waren jetzt nicht mehr so hoch. Es schien wieder die Sonne.

„Endlich sind wir aus dem Wald der Stille heraus", sagte Lars. „Wir sind fast da. Wir haben Glück gehabt. Denn wir haben kein Ungeheuer gesehen."

Alfred sah sehr ernst aus.

„Im Wald gibt es Ungeheuer?", fragte er.

Lars lachte.

„Ja, sogar viele. Aber nur wenige am Tag. In der Nacht gibt es mehr."

„Wirklich? Warum hast du das nicht früher gesagt?"

„Ich wollte **euch** nicht **beunruhigen**", lächelte Lars.

„Na gut, lass uns weitergehen."

Der Ritter und die Wächter des Königs **kamen gut voran**. Weit entfernt sahen sie bereits eine Stadt. Diese Stadt gehörte zu König Arthurans Reich. Die Wächter hatten sie noch nie gesehen.

„Ist das dort Arthurans Königreich?", fragte Alfred.

„Ja, wir sind bald da. Dort müssen wir das Gold abgeben."

„Es gibt eine Sache, die ich dich nicht gefragt habe, Ritter."

„Sprich!"

„Wofür ist dieses Gold?"

„König Andur verlor die Schlacht im Wald der Stille.

Seitdem muss er seinem Bruder jedes fünfte Jahr eine bestimmte Menge Gold zahlen."

„Warum muss er seinen Bruder weiter mit Gold bezahlen? Es ist doch kein Krieg?"

„Nein, das nicht. Aber sein Bruder hat etwas, was König Andur nicht hat. Und das muss er von Arthuran kaufen."

„Und was ist das?"

„Mehr Zauberwasser. Andur kauft es, damit die Menschen in seinem Reich **zufrieden** bleiben. Sie machen daraus neues Zauberwasser. Ich habe hier zwei Zaubertränke aus diesem Wasser."

Lars nahm die Zaubertränke, die er vor der Reise gekauft hatte, heraus. Er zeigte sie den Wächtern.

„Ich habe davon gehört", sagte Alfred. „Aber funktioniert das Zauberwasser wirklich?"

„Ja, es funktioniert", antwortete Lars und steckte die Zaubertränke wieder ein. „Wenn es echtes Zauberwasser ist."

Anhang zu Kapitel 2

Zusammenfassung

Ritter Lars und die Wächter von König Andur machen sich mit dem Gold auf den Weg. Sie gehen durch den Wald der Stille. An einem See erzählt Lars den Wächtern eine Geschichte von einer Quelle mit Zauberwasser. An dieser Quelle und im Wald gab es vor vielen Jahren eine große Schlacht. König Andur kämpfte gegen seinen Bruder Arthuran. Beide wollten das Zauberwasser der Quelle für sich alleine. Arthuran gewann die Schlacht und hat jetzt das Zauberwasser. Es verleiht demjenigen viel Stärke, der es trinkt.

Vokabeln

der Wald forest
bevorstehen to be in store
das Ungeheuer monster
berühmt famous
die Steinbrücke stone bridge
ähnlich similar
die Schlacht battle
sich gegenseitig vertrauen to trust each other
das Tageslicht day light
der Ast branch
stattfinden to take place
die Quelle spring, water source
friedlich peaceful
schweigen to be silent
jemandem etwas verleihen to give something to somebody
die Zauberkraft magic power
reiten to ride on horseback
der Soldat soldier

baden to bathe

übrigbleiben to remain

das Geheimnis secret

jemanden beunruhigen to worry somebody

gut vorankommen to make progress

zufrieden content

Fragen im Auswahlverfahren

Wählen Sie nur eine Antwort pro Frage aus.

6) Der Ritter Lars ____.
    a. kennt den Weg
    b. kennt den Weg nicht
    c. findet den Weg nicht
    d. sucht einen neuen Weg

7) In der Gruppe reisen ____.
    a. drei Wächter und Lars
    b. zwei Wächter und Lars
    c. ein Wächter und Lars
    d. nur Lars

8) Im Wald der Stille sind ____.
    a. viele Tiere
    b. nur wenige Tiere
    c. keine Tiere
    d. nur Tiere, die auf Bäumen leben

9) Die Quelle mit dem Zauberwasser im Wald der Stille ____.
   a. existiert noch
   b. hat nie existiert
   c. ist jetzt ein See
   d. ist hinter einem großen Baum

10) Als sie aus dem Wald der Stille herauskommen, ____.
   a. gehen sie in den nächsten Wald
   b. kommt ein großer See
   c. gehen sie zurück ins Königreich von König Andur
   d. sehen sie das Königreich von König Arthuran

Kapitel 3 – Das Geheimnis

Der Ritter und die drei Wächter folgten dem Weg und ging einen schönen **Hang** hinunter. Alles war grün. Weiter unten waren Bäume und ein Bach zu sehen. Dort waren auch viele **Bauern**, die auf den **Feldern** arbeiteten. Einer der Bauern sah, wie **sich** die Gruppe **näherte**. Er ging auf sie zu und sagte zu Ritter Lars:

„Hallo, mein Herr."

„Hallo, Bauer", antwortete Ritter Lars.

„Wohin gehst du?"

„Wir gehen zur Burg. König Andur **schickt** uns in wichtiger Mission."

„Es ist doch **nichts Schlimmes** passiert, oder?"

„**Keine Sorge**", antwortete Lars lächelnd, „es ist alles in Ordnung."

„Na, dann gute Reise."

Die Gruppe ging an den Feldern der Bauern entlang. Alfred meinte:

„Der Bauer schien sehr **besorgt**."

„Die meisten Bauern sind besorgt."

„Weshalb?"

„Weil es ein Geheimnis gibt, das König Andur nicht kennt. Aber die Menschen in diesem Königreich kennen es."

„Was ist es denn? Ist es etwas Gefährliches?"

Der Ritter antwortete nicht. Weiter ging es den Weg entlang. Lars schwieg lange. Schließlich kamen sie an ein großes Tor. Es war dem Haupttor zu König Andurs Burg sehr ähnlich.

Am Tor waren zwei Wächter. Einer von ihnen näherte sich und fragte Alfred:

„Schickt euch König Andur?"

„So ist es", antwortete Alfred. „Dieser Ritter hat uns auf dem Weg beschützt."

„In Ordnung. Ist das da ist die Lieferung?"

„Richtig", sagte Lars. „Das ist König Andurs Lieferung."

Wieder sah Alfred Lars lange an. Er schien die Wächter am Haupttor gut zu kennen. Das Tor öffnete sich und die Gruppe trat ein.

Sie betraten einen großen Platz. Es waren viele Leute da: Händler, Bauern, Wächter. Alfred sah sich um. Was war denn das hier?

„Dieser Platz **kommt mir bekannt vor**. Er ist dem Marktplatz vor König Andurs Burg sehr ähnlich."

„Ja, er ist fast identisch", antwortete der Ritter.

Alfred sprach mit einigen Bauern und Händlern auf dem Platz. Später sagte er zu Lars:

„Die Menschen hier sind sehr freundlich."

„Vor langer Zeit waren die beiden Königreiche **vereint**", sagte Lars. „Deswegen sind sie so ähnlich. Das war vor der großen Schlacht."

Die Gruppe ging durch ein weiteres Tor und war nun in der Burg. Auch die Burg selbst war der von König Andur sehr ähnlich. Das Gold musste **abgeladen** werden. Lars und Alfred kamen in einen großen Saal.

Der König erwartete sie bereits. Er sagte:

„Willkommen in meinem Königreich!"

„Vielen Dank, Majestät, guten Tag!"

„**Du hast es geschafft**, Lars! Ich freue mich sehr, dich zu sehen!"

„Majestät, auch ich freue mich, Sie zu sehen."

Alfred verstand gar nichts mehr. Warum kannten sich die beiden?

„Hast du das Gold mitgebracht, Lars?"

„Ja, die Lieferung ist da. Das Gold ist schon abgeladen."

„Wunderbar! Wir können mit unserem Plan beginnen."

Alfred war beunruhigt. Was für ein Plan?

Lars nahm seine beiden Zaubertränke heraus. Das Zauberwasser, das er vor der Reise von einem Händler in Andurans Königreich gekauft hatte. Er überreichte König Arthuran die beiden Flaschen.

Alfred wurde sehr ernst. Er fragte: „Was passiert hier eigentlich gerade?"

„Ich glaube, wir müssen dir etwas erzählen, Alfred."

„Verdammt, was ist hier eigentlich los!?"

Alfred ging einige Schritte zurück. Er **bekam Angst**. Woher kannten sich der König und Ritter Lars? Warum holte Lars die Zaubertränke heraus? Hatte das Königsreich Arthuran etwa selbst gar kein Zauberwasser?

Lars ging auf Alfred zu.

„Alfred", sagte er und sah ihn ernst an. „Im

Königreich Arthuran gibt es schon lange kein Zauberwasser mehr."

„Wie bitte? Und König Andur weiß das?"

„Nein, er weiß es natürlich nicht."

„Warum gibst du König Arthuran dann die beiden Zaubertränke? Dann bist du ein Feind von König Andur!"

„Das sind wahrscheinlich die letzten beiden Zaubertränke. Es gibt sonst kein Zauberwasser mehr, verstehst du?!"

Langsam verstand Alfred. Lars **fuhr fort**:

„Wir wollen diese beiden Zaubertränke mit normalem Wasser mischen. Dann erhalten wir vielleicht wieder mehr Zauberwasser." Lars sah nach unten. „Vielleicht."

Hatte Lars Alfred betrogen? Hatte er König Andur betrogen?!

„Du hast **mich** die ganze Zeit **belogen**!", rief Alfred.

„Ja, ich habe dich belogen … Weil ich den **Frieden bewahren** wollte."

„Wie soll das funktionieren? Im Moment kennt fast niemand das Geheimnis, dass es kein Zauberwasser mehr gibt. Aber König Andur wird es bestimmt herausfinden. Und dann wird er wissen, dass du ihm das Gold gestohlen hast. Und dass du ihn betrogen hast!"

Ritter Lars lächelte nicht mehr. Er sah Alfred sehr ernst an:

„Alfred", sagte er. „König Andur darf nicht wissen, dass es kein Zauberwasser mehr gibt. Sonst ist es mit dem Frieden vorbei. Dann gibt es wieder Krieg zwischen den beiden Königsbrüdern."

„Deshalb willst du mit den Zaubertränken wieder Zauberwasser für König Arthuran herstellen?"

„Ja, nur um den Frieden zu bewahren. Wenn es funktioniert ..."

Alfred sah Lars in die Augen.

„Was meinst du damit: Wenn es funktioniert?"

„Du hast mich schon verstanden. Eigentlich braucht man reines Zauberwasser, um neues Zauberwasser herzustellen. Aber es gibt kein reines Zauberwasser mehr."

„Was heißt das?"

„Wir müssen es versuchen, Alfred. Aber wir wissen nicht, ob es funktioniert."

„Ob was funktioniert?"

,,Aus den Zaubertränken Zauberwasser herzustellen. In den Zaubertränken ist ja etwas reines Zauberwasser. Vielleicht können wir damit mehr Zauberwasser herstellen."

„Vielleicht, vielleicht!", **brüllte** Alfred. „Und wenn es nicht funktioniert?!"

Dieses Mal antwortete König Arthuran auf Alfreds Frage: „Dann, Alfred, war die große Schlacht im Wald der Stille nicht die letzte Schlacht zwischen meinem Bruder und mir ..."

Anhang zu Kapitel 3

Zusammenfassung

Ritter Lars und die drei Wächter reisen weiter. Bei einem Feld redet Lars mit einem Bauern. Der Bauer scheint sehr besorgt. Schließlich geht die Gruppe durch das Haupttor auf einen Marktplatz. Das Tor und auch der Platz kommen Alfred bekannt vor. Alles scheint ähnlich wie in Andurs Königreich. König Arthuran hat bereits auf die Goldlieferung gewartet. Lars gibt ihm die beiden Flaschen mit den Zaubertränken. Lars erzählt Alfred, dass es schon lange kein reines Zauberwasser mehr gibt. Sie wollen versuchen, aus den Zaubertränken neues Zauberwasser herzustellen. Wenn das nicht funktioniert, gibt es wahrscheinlich wieder Krieg zwischen den Königsbrüdern.

Vokabeln

der Hang slope, hillside
der Bauer farmer
das Feld field
sich näher to approach
schicken to send
nichts Schlimmes nothing bad
Keine Sorge! No worries!
besorgt concerned, worried
etwas kommt jemandem bekannt vor something looks
   familiar to somebody
vereinen to unite
abladen to unload
Du hast es geschafft! You made it!
überreichen to hand over
Angst bekommen to become scared
fortfahren to continue

jemanden belügen to lie to somebody
Frieden peace
bewahren to keep
brüllen to roar, shout

Fragen im Auswahlverfahren

Wählen Sie nur eine Antwort pro Frage aus.

11) Die erste Person, die in Authurans Königreich mit Ritter Lars spricht, ist _____.
    a. der König
    b. ein Händler
    c. ein Bauer
    d. ein Wächter

12) Der Platz im Königreich von Arthuran _____.
    a. ähnelt dem in Andurs Königreich nicht
    b. ähnelt dem in König Andurs Reich
    c. ähnelt dem in König Andurs Reich ein bisschen
    d. ähnelt dem Platz in einem anderen Königreich

13) Lars und König Arthuran _____.
    a. mögen sich nicht
    b. kennen sich nicht
    c. kennen sich
    d. hassen sich

14) Lars nimmt _____.
    a. sein Schwert heraus
    b. einen Zaubertrank heraus
    c. zwei Zaubertränke heraus
    d. die Krone in die Hand

15) Das Geheimnis war, dass ____.
   a. Arthurans Königreich kein Zauberwasser mehr hat
   b. König Andur seinen Bruder angreifen wird
   c. Ritter Lars König werden will.
   d. das Gold ist falsch ist

Die Uhr

Kapitel 1 – Die Piratengeschichte

Karl war **Uhrmachermeister**. Er hatte ein kleines Haus mit einer **Werkstatt** in Övelgönne, Hamburg. Er arbeitete Tag und Nacht. Er reparierte kaputte Uhren, baute aber auch neue Uhren.

Er war 44 Jahre alt, groß und kräftig. Seine Eltern waren aus Bremen. Er lebte alleine in seinem Haus, das **nahe am Elbstrand** lag. Der Elbstrand ist ein Strand an der Elbe.

Karl mochte diesen Strand sehr. Nach der Arbeit verließ er die Werkstatt, um **sich die Beine zu vertreten**, auch nachts. Nur ein paar **Schritte**, schon war er am Strand.

Einmal traf er nachts am Strand eine alte Freundin. Sie hieß Susanne.

,,Mensch, Karl! Wie geht's?"

,,Hallo, Susanne. Was machst du denn jetzt noch am Strand?"

,,Ich wollte mir die Beine vertreten."

,,Genau wie ich."

Karl und Susanne gingen zusammen am Strand entlang. Sie sprachen über ihre Familien, die Arbeit und viele andere Dinge.

Susanne fragte ihn:

„Wie läuft es mit der Arbeit? Hast du viel zu tun?"

„Ja, ich habe viel zu tun, und es geht mir gut dabei."

„Das freut mich, Karl."

Susanne arbeitete im Hamburger **Hafen**. Sie überwachte die Schiffe, die im Hafen ein- und ausliefen. Auch sie arbeitete oft nachts.

„Du Karl, ich wollte dich schon länger mal wieder treffen. Ich habe nämlich etwas gefunden."

„Was denn, Susanne?"

Susanne zog eine Uhr aus der Tasche. Sie sah sehr alt aus.

„Kannst du mir sagen, was das für eine Uhr ist? Ist die echt?"

„Lass mich mal sehen."

Karl nahm die Uhr in die Hand. Er sah sie genau an.

„Hmm ... Ich habe keine Ahnung", sagte er schließlich.

Susanne konnte das kaum glauben.

„Du weißt nicht, was das für eine Uhr ist?"

„Na ja. Ich weiß, dass es eine Uhr ist, aber sie ist **uralt**. Hast du noch Zeit, Susanne?"

„Ja, kein Problem."

„Dann lass uns in meine Werkstatt gehen. Ich habe dort Bücher, die uns helfen können."

Karl und Susanne gingen in die Werkstatt. In der Werkstatt gab es viele **Werkzeuge,** Uhren und Uhrenteile. Karl brauchte das alles für seine Arbeit. Susanne war zum ersten Mal in Karls Werkstatt.

„Wow!", sagte sie, „Du hast ja viel Zeug hier."

„Ja, ich habe viel zu tun und meine Arbeit macht mir Spaß."

„Das ist gut!"

Karl ging mit Susanne in ein **Nebenzimmer**. Dort gab es viele Bücher – große und kleine. Einige Bücher waren sehr alt. Man konnte ihre Titel nicht mehr lesen.

„Was machen wir hier?", fragte Susanne.

„Wir suchen nach Informationen."

„Was für Informationen?"

„Ich muss wissen, was das für eine Uhr ist", sagte Karl. „So eine Uhr habe ich noch nie gesehen."

Karl und Susanne suchten eine Weile nach Informationen in den Büchern. Schließlich fand Susanne etwas Interessantes in einem Buch über **Piraten** in der Karibik.

„Sieh mal, Karl, ich glaube, ich habe etwas gefunden!", sagte sie.

Karl ging zu Susanne hinüber.

„Zeig mal, Susanne."

„Ein Piratenbuch."

Ein Piratenbuch? Warum stand in einem Piratenbuch etwas über Uhren? Was hatte das zu bedeuten? Das konnte Karl nicht glauben.

Susanne sagte:

„Dieses Buch hat den Titel ‚Piraten in der Karibik'. Es **handelt von** der einer Zeit, als Spanien gegen die Piraten in der Karibik kämpfte."

„Ich verstehe immer noch nichts. Was hat das mit unserer Uhr zu tun?"

„Hör mal", sagte Susanne und las weiter. „Hier steht, dass es damals einen deutschen Piraten gab.

Sein Name war Klaas der **Krake**. Er hatte eine Uhr mit **magischen Kräften**."

„Magische Kräfte? Was für magische Kräfte?"

„Hier steht, dass Klaas der Krake mit dieser Uhr durch die Zeit reisen konnte. Das erzählte man so."

Karl lachte laut:

„Das ist doch nur eine Geschichte. Ein Pirat, der mit einer Uhr durch die Zeit reisen kann ... So ein **Quatsch**!"

Genau in diesem Augenblick hörten sie etwas in der Werkstatt.

„Hast du das gehört? Was war das, Susanne?"

„Keine Ahnung! Lass uns nachsehen!"

Sie **rannten** in die Werkstatt. Karl sah es sofort: Die Uhr war weg! Einfach weg. Und die Tür stand offen. Da hörten sie draußen Schritte, die langsam leiser wurden.

„So ein Mist! Jemand hat uns die Uhr **gestohlen**!", sagte Karl.

„Siehst du, Karl? Ich hab's doch gesagt. Das ist eine ganz besondere Uhr."

Karl zeigte mit der Hand auf die offene Tür und rief:

„Das war bestimmt der Pirat! Los, hinterher!"

Die beiden rannten aus der Werkstatt heraus. Da drüben am Strand waren **Spuren**, große, tiefe Spuren im Sand. Wie die eines großen **stämmigen** Mannes.

Plötzlich sah Susanne einen dunklen **Schatten**. „Sieh mal! Da ist er!"

Karl rannte dem Mann hinterher und schrie:

„He! Halt! Bleiben Sie sofort stehen!"

Der stämmige Mann ignorierte Karl. Er rannte einfach weiter. Karl schrie noch lauter:

„Halt hab ich gesagt! Sofort stehenbleiben!"

Keine Reaktion. Karl rannte noch schneller. Ein paar Schritte noch … Schließlich **holte** er den Mann **ein**. Er **stieß** ihn zu Boden. Der Mann schrie:

„Lass mich los! Ich habe dir nichts getan! Das ist meine Uhr!"

Der Mann war irgendwie **seltsam**. Etwas stimmte nicht mit seiner **Kleidung**. Das war nicht nur ein alter Mann in alten Kleidern.

Karl und Susanne **behielten ihn im Auge**, als er aus dem Sand aufstand. Der kräftige Mann schüttelte den Sand ab. Er hielt die Uhr in der rechten Hand.

„Zum Teufel! Was wollt ihr von mir? Warum seht ihr mich so an?"

Was hatte denn der Typ für einen Akzent? Karl sagte zu ihm:

„Sie haben meine Uhr gestohlen. Sie waren in meiner Werkstatt und haben sie sich einfach genommen."

„Nein", sagte der stämmige Mann, „die Uhr gehört mir! Du hast sie mir gestohlen. Ich habe sie mir nur zurückgeholt."

Immer noch behielten Karl und Susanne den stämmigen Mann im Auge. Dann fragte Susanne ihn:

„Wer sind Sie eigentlich?"

„Ich bin Klaas der Krake. Jetzt müsst ihr mich aber entschuldigen. Ich muss schnell ins 17. Jahrhundert zurück."

Anhang zu Kapitel 1

Zusammenfassung

Karl ist Uhrmacher. Er lebt in Övelgönne, Hamburg, nahe am Strand. Er arbeitet sehr viel, auch nachts. Nach der Arbeit geht er gerne an den Strand. Dort trifft er eine Freundin, Susanne. Sie zeigt ihm eine sehr alte Uhr. Sie wollen herausfinden, was das für eine Uhr ist. Sie sehen in alten Büchern nach. Dort findet Susanne eine Geschichte von einem deutschen Piraten. Er hieß Klaas der Krake. Er soll eine Uhr mit magischen Kräften gehabt haben. Ob es sich bei Susannes Uhr um diese Uhr handelt? Die Uhr wird aus der Werkstatt gestohlen. Karl und Susanne verfolgen den Dieb. Er ist Klaas der Krake.

Vokabeln

der Pirat pirate

der Uhrmachermeister master watchmaker

die Werkstatt workshop

nahe am Elbstrand near the Elbstrand (a beach on the riverbank of the Elbe)

sich die Beine vertreten to stretch one's legs

der Schritt step

der Hafen port

überwachen to monitor

uralt ancient, very old

das Werkzeug tool

das Nebenzimmer adjoining room

handeln von to be about

der Krake kraken, octopus, sea monster

magische Kräfte magic powers

der Quatsch rubbish, nonsense

rennen to run

stehlen to steal

die Spur track (footprint)

stämmig stout

der Schatten shadow

einholen to catch up with somebody

stoßen to push

seltsam strange, odd

die Kleidung clothes

jemanden im Auge behalten to keep an eye on somebody

Fragen im Auswahlverfahren

Wählen Sie bitte nur eine Antwort pro Frage aus.

1) Karl arbeitet als ____.
   a. Uhrmachermeister
   b. Fischer
   c. Pirat
   d. Kapitän

2) Susanne ist ____.
   a. seine Partnerin
   b. seine Frau
   c. seine Tochter
   d. eine Freundin

3) Nach der Arbeit geht Karl ____.
   a. durch die Straßen von Övelgönne.
   b. in seinen Garten
   c. gerne an den Strand
   d. in die Küche, um etwas zu essen

4) Susanne hat eine Uhr gefunden. Sie soll ____.

    a. einem Spanier gehören

    b. einem Engländer gehören

    c. magische Kräfte haben

    d. von einem König sein

5) Die Uhr verschwindet aus Karls Werkstatt, weil ____.

    a. Susanne sie in die Tasche gesteckt hat

    b. jemand sie gestohlen hat

    c. Karl sie in die Tasche gesteckt hat

    d. Karls Frau sie mitgenommen hat

Kapitel 2 – Die Karibik

Karl und Susanne sahen den stämmigen Mann lange an. Zuerst konnten sie nichts sagen.

„Zurück ins 17. Jahrhundert?", fragte Karl dann. „Sie sind … äh … Ich meine, du bist Klaas der Krake?!"

Der Mann sagte nichts. Er war mit seiner Uhr **beschäftigt**.

Karl ging näher an ihn heran. Der stämmige Mann sah wirklich wie ein Pirat aus, ein alter Pirat. Und seine Kleidung sah aus wie die der Piraten aus der Karibik. Der Mann war also ein Pirat, wie man sie aus den alten Geschichten kannte. Dann war es wahr, was er sagte?

Der Mann sah Karl an und sagte langsam: „Ja, ich bin Klaas der Krake."

Jetzt war alles klar für Karl. Dann hatte die Uhr also wirklich magische Kräfte.

„Jetzt verstehe ich", sagte er. „Dann stimmt wohl auch diese Geschichte."

„Welche Geschichte?", fragte Klaas.

„Die Geschichte mit deiner Uhr."

Klaas schaute Karl und Susanne an.

„Woher wisst ihr das?"

Susanne antwortete:

„Die Geschichte steht in unserem Piratenbuch."

„In einem Buch, sagst du? Sehr gut! Dann bin ich ja **berühmt**!"

„Nein … Nicht wirklich. Nur deine Uhr."

Klaas ging ein paar Schritte durch den Sand. Er dachte nach. Er sah die Uhr an und sagte:

„Die Uhr gehört mir. Auch wenn ich sie nicht selbst gebaut habe. Ich fand sie im Schatz eines anderen Piraten."

„Dann gibt es also noch einen Piraten?", fragt Karl.

„Ja, aber ich kenne ihn nicht. Niemand kennt ihn. Und niemand **bewachte** seinen Schatz."

Jetzt war Karl klar, dass Klaas die Uhr nur gefunden hatte. Er wusste also nicht, wie die Uhr funktionierte. Und er wusste auch nicht, warum die Uhr magische Kräfte hatte.

Karl fragte:

„Klaas, weißt du, wie die Uhr funktioniert?"

„Klar weiß ich das!", schrie der Krake **wütend**. Dann machte er eine kleine Pause und sagte: „Na ja, nicht wirklich. Manchmal halte ich die Uhr in der Hand, und plötzlich bin ich in eurer Zeit. Wie jetzt. Zehn Minuten später bin ich dann auf einmal wieder in meiner Zeit. Bloß weil ich die Uhr in der Hand hatte. Aber ihr müsst mich jetzt entschuldigen. Ich muss wieder zurück."

„Warum bist du denn eigentlich hier?"

„Ich finde es interessant, wie sich die Dinge **verändern**. Bei euch gibt es zum Beispiel keine Piraten. Und überall nur riesige Gebäude. Wusstet ihr, dass es sogar **fliegende Maschinen** gibt?! Einfach verrückt."

Karl und Susanne lächelten. Der Pirat hatte keine Ahnung, wie die moderne Welt funktionierte. Das war wirklich alles ein bisschen verrückt.

Klaas hielt die Uhr wieder fest in seiner Hand und sagte:

„Jetzt lasst mich bitte allein. In wenigen Sekunden kehre ich in meine Zeit zurück. In meine Zeit und an meinen Platz vor Hunderten von Jahren."

Karl und Susanne schauten sich an. Sie sprachen leise miteinander.

„Na, Susanne, was denkst du?"

„Was wohl … Was meinst du, was ich denke?"

„Willst du in die Karibik des 17. Jahrhunderts?"

Susanne dachte einen Moment nach.

„Komm schon, Susanne. Das wird bestimmt interessant."

„Also gut, lass uns gehen!", sagte sie schließlich.

Dann sagten Karl und Susanne zu Klaas:

„Wir möchten mit dir gehen."

„**Das kommt nicht in Frage**, nein!", sagte der Krake.

„Was heißt denn ‚nein'?", fragte Karl.

„Nein heißt nein", antwortete der Krake.

„Aber wir wollen auch sehen, wie sich die Dinge verändert haben. Das musst du doch verstehen. Wir wollen wissen, wie es früher war. Genau wie du wissen willst, wie die Dinge mal sein werden", sagte Susanne.

„Hm …", meinte nun der Pirat. Dann lächelte er. „Also gut. Kommt eben mit. Aber ihr müsst mir dann helfen. In Ordnung?"

„In Ordnung!", sagten Karl und Susanne. „Und es funktioniert, wenn wir alle die Uhr anfassen?"

„Ja, so funktioniert es. Ihr müsst nur eure Hände auf die Uhr legen. Jetzt aber schnell."

Die drei **berührten** die Uhr und im nächsten Augenblick waren sie auch schon in der Karibik des 17. Jahrhunderts. Aus dunkler Nacht wurde heller Tag. Plötzlich waren sie im **Lager** der Piraten. Karl und Susanne **ließen** die Uhr **los**. Einige Piraten schauten sie an.

Ein Pirat mit dunkler Haut und langem Haar kam zu Klaas. Das war Frank. Er sagte zu Klaas:

,,Guten Morgen, Kapitän! Da bist du ja wieder. Ich sehe, du hast noch jemanden mitgebracht?"

Der Krake lächelte und rief: „**Alle mal herhören!** Das hier sind … Äh …". Er sah seine Gäste an. „Wie heißt ihr eigentlich?"

„Karl und Susanne!"

„Gut", sagte Klaas, „das hier sind Karl und Susanne, Männer!"

Da aber immer wieder so verrückte Dinge mit der Uhr passierten, hörten die Pitraten gar nicht zu.

„Also, Karl und Susanne", fuhr der Kapitän fort. „Die beiden werden uns helfen zu gewinnen!"

Bei dem Wort „gewinnen" hörten die Piraten zu. Sie **jubelten** plötzlich alle.

„Gewinnen?", fragte Karl. „Wieso ‚gewinnen'? Was denn gewinnen? Worum geht es eigentlich?"

Der Krake sah die beiden lange an. „Ihr werdet uns helfen, die **Schlacht** zu gewinnen."

„Schlacht?", rief Susanne. „Welche Schlacht?"

„Die Schlacht gegen die Spanier!", antwortete Klaas.

„Was?! Davon hast du uns aber nichts gesagt", sagte Susanne wütend.

Klaas der Krake sagte kein Wort. Er ging einfach weg zu seinem **Zelt**.

Karl und Susanne sahen aufs Meer. Da waren überall Piratenschiffe. Die beiden waren jetzt mit Frank allein.

„Es tut mir sehr leid", sagte Frank.

„So? Was genau tut dir denn leid?", fragte Susanne.

„Das mit Klaas. Er ist verrückt."

„Verrückt?"

„Ja, total verrückt."

„Und warum sagst du uns das?", fragte Karl.

„Darum", antwortete Frank. „Er glaubt, dass er **euch benutzen** kann."

„Wie meinst du das?"

„Ihr sollt ihm helfen, gegen die Spanier zu gewinnen. Die Spanier **wissen** über die magische Uhr **Bescheid**. Sie wollen sie haben. Deswegen **greifen** sie immer wieder **an**. Klaas will die Spanier **besiegen**. Klaas glaubt, dass ihr ihm dabei helfen könnt."

Auf dem Meer hörte man den **Donner** der spanischen **Kanonen**. Er kam näher.

Karl fragte:

„Aber wie sollen wir euch denn helfen?"

„Ihr wisst doch, was passieren wird. Ihr lebt ja in der Zukunft."

„Nein, nein, nein. Wir wissen nicht, was passieren wird! Wir **haben keine Ahnung** von dieser Schlacht. Wir kennen doch nur die Geschichte über eine Uhr mit magischen Kräften. Aus einem Buch! Nichts weiter."

Frank sah nach unten. „Wenn ihr nichts machen könnt, wird unser Kapitän sehr wütend. Er **ist besessen von** der Uhr. Er wird alles tun, um sie zu behalten. Wenn er meint, dass ihr nichts tun könnt, wird er bestimmt wütend. Für euch kann es dann sehr gefährlich werden."

Karl und Susanne sahen sich an. Sie hatten Angst.

„Was sollen wir bloß machen?", fragte Susanne.

„Tja, ihr müsst unserem Kapitän die Uhr stehlen. Ohne Uhr keine Schlacht mit den Spaniern."

„Gut. Wann?"

„Noch heute. Am Nachmittag wird es eine große Schlacht geben. Klaas der Krake wird viele Schiffe in diese Schlacht schicken. Ihr müsst die Uhr mitnehmen. Und ihr dürft niemals wieder **zurückkehren**."

Frank ging zu Klaas ins Zelt. Karl und Susanne setzten sich in den Sand.

„Wie machen wir das bloß?", fragte Karl. „Ich bin doch nur kleiner Uhrmacher. Wie soll ich denn einem verrückten Piraten eine Uhr stehlen? Eine Uhr, die er immer im Auge behält?"

„Wir müssen **eine Lösung finden**", sagte Susanne. „Warte mal, ich glaube, ich habe eine Idee."

Anhang zu Kapitel 2

Zusammenfassung

Der Mann am Strand ist Klaas der Krake, der deutsche Pirat. Er kann mit seiner Uhr durch die Zeit reisen. Karl und Susanne reisen mit ihm gemeinsam ins 17. Jahrhundert in ein Piratenlager. Die beiden sollen Klaas und den anderen Piraten helfen, eine Schlacht gegen die Spanier zu gewinnen. Die Spanier wollen Klaas' Uhr. Der Krake will die Uhr aber behalten. Um die Schlacht zu verhindern, wollen Karl und Susanne die Uhr stehlen und in die Gegenwart zurückkreisen. Einer der Piraten, Frank, will ihnen dabei helfen.

Vokabeln

beschäftigt busy
berühmt famous
bewachen to guard
wütend angry
verändern to change
fliegende Maschinen flying machines
das kommt nicht in Frage no way, out of the question
berühren to touch
das Lager camp
loslassen to let go
Alle mal herhören! Listen everybody!
jubeln to cheer
die Schlacht battle
das Zelt tent
jemanden benutzen to take advantage of somebody
Bescheid wissen to be in the know
angreifen to attack
besiegen to defeat, beat

der Donner thunder

die Kanone cannon

keine Ahnung haben to have no idea

besessen sein von etwas to be obsessed with something

zurückkehren to return

eine Lösung finden to find a solution

Fragen im Auswahlverfahren

Wählen Sie bitte nur eine Antwort pro Frage aus.

6) Der stämmige Mann heißt ____.

    a. Karl

    b. Klaas

    c. Frank

    d. Franz

7) Mit der magischen Uhr kann man ____.

    a. nur ins 17. Jahrhundert reisen

    b. durch die Zeit reisen

    c. nur ins 21. Jahrhundert reisen

    d. mit den Piraten reisen

8) Klaas der Krake reist ____.

    a. mit Karl

    b. mit Susanne

    c. mit Karl und Susanne

    d. immer alleine

9) Klaas will ____.

    a. Hilfe im Kampf gegen die spanischen Schiffe

    b. mit der Uhr vor den Spaniern flüchten

    c. Karl und Susanne zu Piraten machen

    d. wegen der Uhr nicht mehr kämpfen

10) Frank sagt zu Karl und Susanne, dass sie ____.

    a. sofort in ihre Zeit zurückgehen sollen

    b. Klaas die Uhr stehlen sollen

    c. bei der Schlacht gegen die Spanier helfen sollen

    d. den Spaniern die Uhr geben sollen

Kapitel 3 – Der Raub

Dann war es so weit. Die spanischen Schiffe waren da. Alle waren bereit für die große Schlacht. Karl und Susanne gingen an Bord von Klaas' Piratenschiff. Es war sehr groß. Auf beiden Seiten des Schiffes gab es viele Kanonen. Es war das Lieblingsschiff des Piratenkapitäns. Frank war sein **zweiter Mann**. Er fuhr immer mit Klaas zusammen.

Klaas der Krake stand am **Ruder**. Frank zeigte Karl und Susanne das Schiff. „Wie findet ihr denn unser **Prachtstück**?"

Susanne wusste einiges über Piraten. Sie hatte viel über sie gelesen. Sie fand sie wirklich interessant. „Wow!", sagte sie. „Das ist **unglaublich**. Ich bin auf einem richtigen Piratenschiff!"

Frank lachte. „Uns **fällt** das gar nicht mehr **auf**. Wir sehen das Schiff ja jeden Tag."

Frank ging mit Karl und Susanne zurück ans Ruder. Das Schiff fuhr los. Der Wind war etwas kühl. Es waren keine **Wolken** am Himmel. Man sah nur das blaue Wasser der Karibik und den Strand. Es war so wunderschön. Dann **fiel** Karl **ein**, dass sie ja zu einer Schlacht gegen die Spanier fuhren. Sie mussten schnell etwas tun!

Karl, Susanne und Frank gingen auf die andere Seite des Schiffes. Klaas der Krake blieb am Ruder. Er sah auf das Meer. Karl und Susanne behielten ihn im Auge. Frank sagte leise zu ihnen:

„Wie wollt ihr es denn nun machen?"

„Was machen?", fragte Karl wütend zurück.

„Das weißt du doch. Die Uhr stehlen! Ihr müsst es machen, bevor die Schlacht beginnt."

„Moment mal", sagte Karl. „Eines habe ich immer noch nicht verstanden. Warum will Klaas uns eigentlich auf dem Schiff haben? Wir haben doch keine Ahnung, wie man kämpft."

„Ich hab's euch doch gesagt, unser Kapitän ist nun mal verrückt. Er ist besessen von der Uhr. Er glaubt, dass ihr ihm helfen könnt, die Schlacht zu gewinnen, irgendwie", sagte Frank.

Karl sah zu Klaas herüber. Der Krake beobachtete sie. Seine Augen waren kalt.

„Ehrlich gesagt", sagte Karl, „liegt Klaas da falsch. Ich habe keine Ahnung, was er erwartet."

„Ehrlich gesagt", sagte daraufhin Frank, „ich weiß das auch nicht so genau."

„Wie meinst du das, Frank?", fragte Susanne.

„Schaut mal aufs Meer."

Sie blickten aufs Meer. Blaues Wasser, keine Wolken. Sie sahen ungefähr zehn Piratenschiffe.

„Seht ihr?", sagte Frank. „Wir haben zehn Schiffe."

Susanne verstand nicht, was Frank damit sagen wollte.

„Dann habt ihr eben zehn Schiffe. Na und?"

„Wir haben zehn Schiffe, aber die Spanier habe viele mehr, stimmt's?", sagte Karl.

„Wie viele mehr?"

„Sie haben dreißig Schiffe."

„Dreißig?!", rief Karl. „Und wir haben zehn? Ihr seid alle total verrückt."

„Deshalb brauchen wir ja schnell eine Lösung. Ihr müsst Klaas die Uhr stehlen. Wir haben keine Chance, diese Schlacht zu gewinnen. Aber Klaas wird die Uhr niemals hergeben. Er ist besessen von ihr. "

„Na gut", sagte Karl, „aber wie machen wir das?"

„Wie ich schon gesagt habe", meinte Susanne, „ich habe eine Idee."

Sie sah Karl an. „Du bist doch Uhrmacher, nicht wahr?"

„Richtig", antwortete Karl.

„Du sagst Klaas jetzt, das du die Schlacht gewinnen kannst. Und dass du dafür die Uhr brauchst."

„Und wie soll ich das machen?"

„Sag ihm, dass du weißt, wie die Uhr funktioniert. Und dass du die Spanier mit der magischen Kraft der Uhr stoppen kannst."

Sie hatten nur noch wenig Zeit. Am **Horizont** sah man schon die spanischen Schiffe. Karl **zögerte** einen Moment. Dann ging er zu Klaas. Der Krake sprach gerade mit seinen Piraten. Er erklärte ihnen, wie sie kämpfen sollten.

Der Krake sah Karl und sprach ihn an.

„Was ist los, Karl? Hast du jetzt eine Idee, wie wir die Schlacht gewinnen können?"

„Ja, genau ... Die habe ich. Komm mal mit, ich erzähle sie dir."

Der stämmige Piratenkapitän und Karl gingen einige Schritte von den anderen weg. Frank und Susanne **taten als ob nichts wäre**.

„Klaas, du weißt doch, dass ich Uhrmacher bin. Kann ich die Uhr mal sehen?"

Das Gesicht des Piraten veränderte sich.

„Was **hast** du damit **vor**?"

„Lass mich doch bitte die Uhr mal sehen. Ich weiß, wie wir damit die Schlacht gewinnen können."

„Und wie soll das gehen?", fragte der Krake **misstrauisch**.

Karl wusste einen Moment lang nicht, was er sagen sollte. Dann fiel ihm plötzlich die richtige Antwort ein.

„Ich glaube, ich weiß jetzt, wie die Uhr funktioniert", **log** er. „Ich kann die Uhr wahrscheinlich **umstellen**. Und dann kann sie uns alle an einen anderen Ort transportieren. Weit weg von hier. Dann muss auch niemand sterben."

Jetzt waren die spanischen Schiffe da. Und Kanonendonner **setzte ein**. Die Piratenschiffe **schossen** zurück. Die Schiffe bewegten sich, als die ersten Kanonenkugeln **einschlugen**.

Klaas brüllte seine Piraten an:

„Los! Schießt weiter! Denen werden wir mal so richtig zeigen, was echte Piraten sind!"

Karl versuchte nachzudenken. Er musste die Uhr haben. Schnell. So lange der Krake die Uhr hatte, wurde auch weitergeschossen. Ohne die Uhr konnten er und Susanne nicht nach Övelgönne zurück.

Der Kanonendonner wurde lauter. „Hör mir zu!", brüllte Karl. „Zeig mir die Uhr! Sofort! Nur so können wir die Schlacht gewinnen!"

Klaas hatte die Uhr in der Hand. Aber er wollte sie Karl einfach nicht zeigen.

Plötzlich ging alles ganz schnell. Eine Kanonenkugel schlug am Ruder ein. Klaas fiel zu Boden. Das war Karls große Chance. Er **riss Klaas** die Uhr **aus der Hand** und rannte davon.

Natürlich wusste der Krake sofort, was los war. „Haltet ihn!", brüllte er.

Einige Piraten rannten hinter Karl her. Fast hatten sie ihn eingeholt. Da **warf** Karl die Uhr zu Susanne. Susanne **fing** die Uhr und rannte davon, Karl hinterher. Der Krake war jetzt direkt hinter ihm.

Klaas holte die beiden ein. Jetzt **griff** auch Frank **ein**. Er hielt seinen Kapitän fest. Er half Karl und Susanne! In diesem Moment traf eine zweite Kanonenkugel das Schiff. Alle vier berührten die Uhr und stürzten zu Boden. Es wurde kurz dunkel und gleich wieder hell – und dann lagen Karl, Susanne und die beiden Piraten am Strand von Övelgönne.

Klaas verstand als Erster, was passiert war. Verdammt, wo war die Uhr? Er konnte sie nirgendwo sehen. Da war sie ja! Unter Franks Fuß. Klaas stieß Frank zu Boden und riss die Uhr an sich. Aber sie war kaputt!

„Du Idiot, das darf doch nicht wahr sein. Was hast du bloß gemacht, Frank!"

Frank sah seinen Kapitän an, dann blickte er misstrauisch über den Strand und die Häuser. Er war zum ersten Mal in der Zukunft. Das alles hier machte ihm Angst.

Klaas war sehr wütend. Er brüllte: „Was sollen wir jetzt machen? Wir können nicht mehr zurück. Was machen wir nur?!"

Niemand sagte etwas. Nach einer Weile meinte Susanne: „Lasst uns in die Werkstatt gehen. Vielleicht kann Karl die Uhr reparieren. Aber nur **unter einer Bedingung**, Klaas. Wenn das funktioniert, musst du die Uhr **zerstören**, wenn ihr wieder im 17. Jahrhundert seid. Die Uhr ist nämlich sehr gefährlich. In Ordnung?"

„In Ordnung", antwortete der Krake. „Dann will ich die Uhr nie mehr sehen."

Schließlich sah Susanne Karl in die Augen. „Und du, mein Freund, damit eins klar ist: Wenn du das nächste Mal eine verrückte Idee hast, lass mich damit in Ruhe, ja!" Dabei lächelte sie Karl an. Er lächelte zurück.

Die vier gingen langsam zur Werkstatt. Dort wartete ein wichtiger **Reparaturauftrag**.

Anhang zu Kapitel 3

Zusammenfassung

Die Schlacht zwischen den Spaniern und den Piraten beginnt. Die Spanier haben viel mehr Schiffe als die Piraten. Klaas, Karl, Susanne und Frank kämpfen um die Uhr. Als alle vier sie berühren, transportiert die Uhr sie wieder ins 21. Jahrhundert an den Strand von Övelgönne. Aber die Uhr ist jetzt kaputt. Karl, der Uhrmacher, kann sie vielleicht reparieren. Klaas bekommt die Uhr unter einer Bedingung zurück: Er muss sie zerstören, wenn er mit Frank ins 17. Jahrhundert zurückgekehrt ist.

Vokabeln

der Raub theft

zweiter Mann second in command

das Ruder rudder

das Prachtstück beauty

unglaublich unbelievable, incredible

auffallen to attract attention

die Wolke cloud

einfallen to come to mind, to realize

der Horizont horizon

zögern hesitate

tun als ob nichts wäre to act as if it was nothing

etwas vorhaben to plan something, to have something in mind

misstrauisch distrustful

lügen to lie

umstellen to adjust

einsetzen to begin

schießen to shoot, to fire

einschlagen to hit

jemandem etwas aus der Hand reißen to snatch something
  from somebody's hand

werfen to throw, to toss

fangen to catch

eingreifen to join in, to intervene

unter einer Bedingung on one condition

zerstören to destroy

der Reparaturauftrag repair order

Fragen im Auswahlverfahren

Wählen Sie bitte nur eine Antwort pro Frage aus.

11) Der Pirat, der Frank heißt, ist _____.
    a. der Cousin von Klaas
    b. der Sohn von Klaas
    c. der zweite Mann
    d. ein Spanier

12) Frank sagt zu Karl, dass er _____.
    a. kämpfen muss
    b. die Uhr stehlen soll
    c. mit Susanne weggehen muss
    d. sterben muss

13) Als Karl mit Klaas spricht, _____.
    a. will Klaas ihm die Uhr geben
    b. will Klaas ihm die Uhr nicht geben
    c. fällt Karl zu Boden
    d. fällt die Uhr ins Wasser

14) Die Uhr transportiert diese Personen: ____.
   a. Karl und Susanne
   b. Klaas und Karl
   c. Klaas und Frank
   d. Karl, Susanne, Klaas und Frank

15) Karl will Klaas' Uhr unter der Bedingung reparieren, dass ____.
   a. er schnell mit Frank in die Karibik zurückkehrt
   b. Klaas die Uhr zerstört, wenn er im 17. Jahrhundert ist
   c. er ein Schiff bekommt
   d. Karl und Susanne noch einmal ins 17. Jahrhundert reisen dürfen

Die Truhe

Kapitel 1 – Zahlen

Es lebte einmal ein Mann in Deutschland. Dieser Mann war sehr alt. Er lebte allein, ohne Frau und Kinder, irgendwo im Ruhrgebiet. Er war sehr freundlich und hieß Arthur.

Arthur war nie weit **gereist**. Immer war er in der **Gegend** geblieben. Aber jetzt war es Zeit, dies zu ändern. Arthur hatte nämlich eine **Mission**.

Arthur hatte nicht viel Geld. Er hatte früher etwas **gespart**. Und jetzt wollte er sein **Geld ausgeben**. Er musste zu drei Orten in Deutschland reisen. Jetzt würde er essen, wo er wollte. Er würde schlafen, wo er wollte. Und er würde reisen, wie er es wollte. Er musste nämlich seine Mission **erfüllen**.

Zuerst reiste Arthur nach München. Arthur ging durch die Straßen. Viele Leute sahen dem Alten nach. Er sah nämlich etwas **seltsam** aus, mit seinem langen **Bart** und den langen Haare. Auch seine Kleidung war irgendwie komisch.

Arthur ging in den Englischen Garten. Das ist ein großer Park in München. Dort gibt viele hohe Bäume und große **Grünflächen**. Die Leute verbringen hier gerne ihre freie Zeit. Dann sieht man zum Beispiel

Paare, Familien und Jugendliche, aber auch viele andere Leute.

Arthur ging auf einen jungen Mann zu. Er war ungefähr zwanzig Jahre alt. Er saß im Gras, mit dem Rücken an einem Baum. Er las **Zeitung**. Arthur setzte sich neben ihn.

„Guten Tag, junger Mann", sagte Arthur.

„Hallo ...", antwortete der Mann mit der Zeitung. Etwas **misstrauisch** sah er Arthur kurz an. Dann las er weiter.

„Wie geht's, David?"

Wie war das? Woher kannte denn der Alte seinen Namen?

„Haben Sie ‚David' gesagt?"

„Ja, das habe ich."

„Woher kennen Sie meinen Namen?"

„Das kann ich Ihnen nicht sagen."

David hörte auf zu lesen. Er sah Arthur genauer an. Wer war denn bloß dieser Typ? Wie sähe er ohne Bart aus? Nein, David kannte diesen Mann nicht.

„Was wollen Sie von mir?", fragte David misstrauisch.

„Entschuldigung, ich wollte Sie nicht stören. Aber ich wollte Ihnen gerne eine Geschichte erzählen."

„Ich höre."

Arthur zog ein Foto heraus. Auf diesem Foto war eine **staubige** Truhe. Irgendwie sah sie aus, als ob sich etwas Wichtiges in ihr befand.

„Und was soll das sein?", fragte David.

„Sie wissen nicht, was das ist?"

„Na ja, das sieht wie eine Truhe aus. Aber ich habe sie noch nie in meinem Leben gesehen."

Arthur sah David in die Augen. Er zeigte mit dem Finger auf das Bild.

„Und das hier?"

Jetzt sah David es. Die Truhe hatte ein Schloss mit drei **Nullen**.

„Da ist ein Schloss."

„Und?"

„Hm ... da **fehlen** die richtigen Zahlen", antwortete David.

„Genau", sagte Arthur. „Die richtigen Zahlen fehlen. Und diese Zahlen brauche ich für meine Mission."

„Mission? Welche Mission denn?"

„Das kann ich Ihnen leider nicht erzählen."

David verstand gar nichts. Was wollte der Alte von ihm? Wieso fragte er ihn nach Zahlen, die er nicht kannte?

„Ich bin absolut sicher, dass Sie eine dieser Zahlen haben", sagte Arthur zu David.

„Ich habe wirklich keine Ahnung, wovon Sie sprechen."

„Denken Sie nach, David. Sie müssen einen alten **Gegenstand** mit einer Zahl haben."

David dachte nach. Einen solchen Gegenstand hatte er nicht. Da war er sicher. Oder etwa doch? Ihm **fiel** plötzlich etwas **ein**. Vielleicht hatte er ja doch, wonach der Alte suchte.

„Moment mal", sagte David, „ich habe eine Idee. Ich bin mir aber nicht sicher. Vielleicht habe ich doch einen solchen Gegenstand. Warten Sie hier, ich bin gleich zurück."

„Wo wollen Sie hin?", fragte Arthur.

„Nach Hause", antwortete David, „ich hole den Gegenstand, den Sie suchen."

„Nein, warten Sie!", meinte Arthur. „Ich komme mit!"

David sah Arthur wieder misstrauisch an. Dann dachte er: ‚Na ja, er ist ziemlich alt. Und eigentlich ist er ganz nett. Mit ihm gibt es bestimmt keine Probleme.' „Also gut, Sie können mitkommen", sagte er.

David und Arthur verließen den Englischen Garten. Zuerst gingen sie durch eine kleine Straße. Dann stiegen sie in einen Bus ein.

Im Bus fragte David den alten Mann:

„Wie heißen Sie eigentlich?"

„Ich bin Arthur Meier", antwortete der Alte.

„Wie lange sind Sie schon in München, Herr Meier?"

„Sagen Sie doch ‚Arthur' zur mir. Das würde mich freuen."

„Gerne, Arthur. Wie lang sind Sie denn schon in München?"

„Etwa zwei Stunden", sagte Arthur.

„Das ist aber nicht lang", meinte David.

„Das stimmt, aber München gefällt mir sehr gut. Die Leute hier sind sehr nett und die Stadt ist wirklich interessant."

Die beiden Männer stiegen aus dem Bus aus. Sie **unterhielten sich** weiter. Sie kamen an Davids Haus an.

Es war ein kleines und sehr **ordentliches** Haus. David ging mit Arthur zur Garage. Er erklärte ihm, dass er viele alte Gegenstände in der Garage **aufbewahrte**. Auch aus der Zeit, als er noch ein kleiner Junge war. Er hatte sogar alte Fotos und Sachen aus der Schule dort.

„Und was genau machen wir jetzt hier?", fragte Arthur.

„Hier finden wir vielleicht, was Sie suchen."

„Einen alten Gegenstand mit einer Zahl?"

„Ja, einen Gegenstand mit einer Zahl. Ich schau mal nach."

David suchte und suchte. Fast eine halbe Stunde lang. Arthur wollte ihm helfen, aber David wollte den Gegenstand alleine finden. Schließlich, nach einer Stunde, hielt er etwas in der Hand: „Schauen Sie, Arthur. Ich hab es gefunden."

„Was haben Sie gefunden?"

Arthur stand auf und fragte:

„Woher wissen Sie denn so genau, was ich suche?"

„Keine Ahnung, aber ich habe das Ding schon seit vielen Jahren."

David hielt ein verstaubtes **Taschentuch** in der Hand. Darin lag eine **Halskette** mit einem Motiv. Das Motiv war seltsam, aber darin war eine Zahl zu sehen.

David sagte zu Arthur:

„Ich weiß nicht warum, aber als Sie von einer Zahl sprachen, habe ich mich daran erinnert."

„Wer hat Ihnen diese Kette gegeben?"

„Ich weiß es nicht mehr. Ich glaube, ich habe sie schon sehr lange, seit ich klein war."

Arthur lächelte. Er öffnete die Garagentür. David sagte zu ihm:

„Was ist los? Wo wollen Sie denn hin, Arthur?"

„Wir sind jetzt hier fertig. Vergessen Sie diese Zahl nicht", sagte Arthur. „Und lesen Sie das hier." Er gab ihm einen **Brief**. Im selben Moment ging er auch schon.

„He, Augenblick mal! Warten Sie! Wollen Sie die Halskette denn nicht haben?", rief David ihm hinterher. Aber Arthur war schon verschwunden.

Eine Stunde später saß Arthur im Zug nach Norden. Er war auf dem Weg nach Sylt, der **berühmten** Ferieninsel in der **Nordsee**. Er fuhr die ganze Nacht mit dem Zug. Die meiste Zeit schlief Arthur.

Anhang zu Kapitel 1

Zusammenfassung

Arthur ist ein alter Mann, der im Ruhrgebiet wohnt. Ein Mann mit einer Mission. Er hat ein Foto von einer alten, staubigen Truhe. Die Truhe hat ein Schloss, das mit drei Zahlen zu öffnen ist. Arthur sucht die drei richtigen Zahlen. Er fährt nach München. Er zeigt einem jungen Mann, David, das Foto. David erinnert sich an eine Halskette in seiner Garage. Er hat sie schon sehr lange. An der Kette ist eine Zahl, die er Arthur zeigt. Arthur gibt David einen Brief. Danach reist er weiter nach Sylt, der berühmten Insel in der Nordsee.

Vokabeln

die Truhe chest
die Zahl number
reisen to travel
die Gegend area
die Mission mission
sparen to save
Geld ausgeben to spend money
etwas erfüllen to fulfil something
seltsam strange, odd
der Bart beard
die Grünfläche green area
die Zeitung newspaper
misstrauisch suspiciously
staubig dusty
die Null zero
fehlen to be missing
der Gegenstand object
einfallen to come to mind
sich mit jemandem unterhalten to chat with somebody

ordentlich neat

aufbewahren to keep, store

Taschentuch handkerchief

die Halskette necklace

der Brief letter

berühmt famous

die Nordsee North Sea

Fragen im Auswahlverfahren

Wählen Sie nur eine Antwort pro Frage aus.

1) Arthur ist ein ____.
    a. junger Mann aus Dortmund
    b. Mann mittleren Alters aus Essen
    c. alter Mann aus dem Ruhrgebiet
    d. Mann mit einem langen Bart aus München

2) Arthurs Foto zeigt ____.
    a. eine alte Truhe
    b. einen staubigen Container
    c. einen Park in München
    d. ein Schloss in München

3) Arthur trifft David ____.
    a. in einem Wald in Süddeutschland
    b. im Englischen Garten
    c. vor dem Hauptbahnhof
    d. auf dem Münchener Flughafen

4) David fährt mit Arthur ____.

    a. zum Flughafen

    b. zum Bus

    c. nach Sylt

    d. nach Hause

5) Nachdem Arthur David in München getroffen hat, fährt er ____.

    a. nach Hause ins Ruhrgebiet

    b. nach Stuttgart

    c. nach Sylt

    d. an den Starnberger See

Kapitel 2 – Sylt

Am nächsten Morgen kam Arthur auf Sylt an. Sylt ist eine Insel mit schönen Restaurants und langen **Stränden**. Überall waren Touristen. Aber all das interessierte Arthur nicht. Er hatte ja seine Mission. Und er wusste, wohin er wollte.

Am Bahnhof stieg Arthur in ein Taxi ein. Er sagte dem **Taxifahrer** die Adresse. Kurze Zeit später hielt das Taxi vor einem großen Haus.

Eins sah man sofort: Dieses Haus hatte Klasse. Es **sah** nicht nur sehr **teuer aus**. Bestimmt gehörte es jemandem mit viel Geld. Das Haus hatte einen sehr großen Garten. Wahrscheinlich gab es auch einen **Gärtner**, der sich um alles kümmerte. Arthur sah sich das Haus und den Garten in Ruhe an. Dann ging er langsam auf die Tür zu und **klingelte**.

Nichts. Arthur klingelte noch einmal. Keine Reaktion. Es war nichts zu hören. Es schien niemand zu Hause zu sein. Da hatte Arthur gestern mehr Glück gehabt.

Der Alte setzte sich auf eine Bank im Garten. Er wartete.

Er nahm wieder das Foto heraus. Er sah die Truhe auf dem Foto an und lächelte. Er **steckte** das Foto wieder **ein** und wartete weiter.

Dann hörte Arthur ein Auto. Es fuhr auf die Garage zu. Es war ein teures Auto, ein Cabriolet. Darin saß eine Frau. Sie trug eine **Sonnenbrille**. Sie sah Arthur nicht.

Die Frau öffnete das **Garagentor** mit einer **Fernbedienung**. Sie fuhr in die Garage. Sie sah Arthur immer noch nicht. Sie stieg aus und kam heraus. Sie hatte die Fernbedienung in der Hand. Sie wollte das Garagentor wieder schließen.

,,Einen Augenblick, bitte! Warten Sie!", rief Arthur.

Die Frau blieb stehen und sah Arthur an. Das Tor blieb offen.

,,Wer sind Sie?", fragte sie.

,,Kann ich Sie kurz sprechen?"

In diesem Moment öffnete sich die Haustür. Ein Butler kam auf die beiden zu.

„Sie sind zurück, Frau Link?", fragte er. „Ist alles in Ordnung? Soll ich mich um das Auto kümmern?"

„Ja, Maximilian, machen Sie das. Vielen Dank!", sagte die junge Frau.

„Sie sind Frau Sabine Link, nicht wahr?", fragte Arthur.

„Woher kennen Sie denn meinen Namen?" Sie sah Arthur misstrauisch an.

„Ich muss mit Ihnen sprechen, Frau Link. Es ist wirklich wichtig, bitte", sagte Arthur.

„Wichtig?", fragte sie. „Was gibt es denn so Wichtiges?"

Arthur lächelte sie an.

„Na gut", sagte sie schließlich, „gehen wir doch ins Haus."

Arthur **folgte** ihr ins Haus. Es war wirklich **riesig** und sehr schön **eingerichtet**.

„All dies gehört Ihnen?", fragte Arthur.

„Ja", sagte sie und schaute sich um, „ich habe mit 20 Jahren **eine Firma gegründet**, und **es läuft** immer noch **richtig gut**."

„Das sieht man. Wow! Sie haben wirklich hart gearbeitet", sagte Arthur.

„Das ist wahr. Bitte folgen Sie mir."

Arthur und Sabine gingen eine **Treppe** hinauf. Sie standen vor einer großen Tür. Sie war aus **Holz** in einem antiken Design.

„Ist dies ein historisches Haus?", fragte Arthur.

Sabine lächelte. „Nein, das ist es nicht. Aber es wurde im historischen Stil gebaut."

Sabine öffnete die Tür. Arthur ging in den Raum. Er sah sich in dem schönen, großen Raum um, der **geschmackvoll** eingerichtet war. Alles war sehr ordentlich.

Butler Maximilian kam herein. Er trug ein **Tablett** mit Tee und Keksen.

„Herr ...", sagte Maximilian.

„Sagen Sie einfach ‚Arthur', das finde ich besser."

„Gerne. Arthur, möchten Sie Tee?"

„Ja, bitte."

Sabine zog ihre Jacke aus. Es war sehr warm.

„Darf ich Ihnen auch die Jacke abnehmen, Arthur?", fragte Maximilian.

Arthur zog sich die Jacke aus und gab sie dem Butler. Maximilian verließ mit den beiden Jacken den Raum.

Sabine setzte sich, Arthur auch. Sie schauten sich an.

„Herzlich willkommen in meinem Haus, Herr ... Wie heißen Sie eigentlich?"

„Bitte sagen Sie doch auch ‚Arthur'."

„Gut. Also, Arthur, was kann ich für Sie tun?"

Arthur trank etwas Tee und stellte die Tasse auf den Tisch.

„Ich brauche eine Zahl von Ihnen", sagte Arthur ruhig.

Sabine dachte nach und fragte: „Eine bestimmte Zahl?"

„Ja, eine bestimmte Zahl. Erinnern Sie sich nicht?"

Sabine versuchte sich zu erinnern. Gerne wollte sie verstehen, was Arthur meinte. Aber – anders als David – fiel ihr nichts dazu ein.

„Es tut mir leid. Aber ich weiß einfach nicht, was Sie meinen."

Arthur schaute sich um. Dieser riesige Raum. Sicher war die zweite Zahl irgendwo hier. Na klar, das Foto! Er musste ihr das Foto zeigen.

„Kann Maximilian mir bitte meine Jacke bringen?", fragte Arthur.

„Natürlich."

Wenige Sekunden später hatte Arthur seine Jacke in der Hand. Wo war denn jetzt dieses Foto? Sabine wurde **ungeduldig**.

„Hier ist es", sagte Arthur und legte es auf den Tisch. Sabine sah es lange an, dann nahm sie es in die Hand. Sie dachte nach.

„Ich weiß nicht, warum", sagte sie schließlich, „aber ich glaube, ich erinnere mich doch an etwas."

„Denken Sie nach, Sabine, bitte denken Sie weiter nach."

Sabine stand auf. Jetzt wusste Arthur, dass sie **nah am Ziel waren**.

„Kommen Sie mit, Arthur. Ich weiß nicht, wer Sie sind. Und ich habe keine Ahnung, was Sie wollen. Aber sie haben mich dazu gebracht, mich an etwas zu erinnern."

Sabine und Arthur gingen aus dem Haus. Sie **betraten** ein kleines **Gebäude** neben dem Haus. Darin befanden sich Möbel und verschiedene **Kunstwerke**. Es sah wie ein Museum aus.

Sabine öffnete ein kleines **Kästchen**, und da war sie. Eine Halskette, genau wie die von David. Und auch diese Kette hatte eine Zahl.

Arthur sah die Zahl an und sagte ruhig: „Das ist alles, was ich brauche."

„Ich verstehe immer noch kein Wort, Arthur. Worum geht es hier eigentlich? Die Truhe hat mich irgendwie an die Halskette erinnert. Aber ich habe keine Ahnung warum. Erklären Sie mir, was das alles zu bedeuten hat?"

„Ich muss jetzt gehen, Sabine, bitte keine weiteren Fragen. Alles wird gut." Arthur gab Sabine auch einen Brief und sagte: „Lesen Sie diesen Brief und vergessen Sie **auf keinen Fall** Ihre Zahl. Ich muss jetzt los nach Berlin! Auf Wiedersehen!"

Sabine **verabschiedete sich** nicht einmal von Arthur. Was wollte dieser Arthur eigentlich von ihr? Und warum hatte er ihr diesen Brief gegeben? Was hatte das zu bedeuten? Am liebsten würde sie alles einfach vergessen. Als wäre nichts passiert. Aber was stand in dem Brief? Sie sah ihn lange an. Dann öffnete sie ihn ganz langsam.

Anhang zu Kapitel 2

Zusammenfassung

Arthur reist nach Sylt, um eine Frau zu treffen. Sie heißt Sabine Link. Sie hat eine Firma gegründet und ist sehr reich. Sie bittet Arthur in ihr großes Haus. Arthur zeigt ihr das Foto. Genau wie David erinnert sie sich an eine Halskette mit einer Zahl. Nachdem Arthur die zweite Zahl erfahren hat, verabschiedet er sich. Auch Sabine erhält von Arthur einen Brief. Sabine liest den Brief.

Vokabeln

der Strand beach

der Taxifahrer cab driver

teuer aussehen to look expensive

der Gärtner the gardener

klingeln to ring the bell

etwas einstecken to pocket

die Sonnenbrille sunglasses

das Garagentor garage door

die Fernbedienung remote control

folgen to follow

riesig huge

eingerichtet furnished, done up

eine Firma gründen to found a company

es läuft richtig gut it works out really well

die Treppe stairs

das Holz wood

geschmackvoll tasteful

das Tablett tray

ungeduldig impatient

nah am Ziel sein to almost have achieved one's goal

betreten to enter

das Gebäude building

das Kunstwerk piece of art

das Kästchen case, little box

auf keinen Fall by no means, under no circumstances

sich verabschieden to say goodbye

Fragen im Auswahlverfahren

Wählen Sie nur eine Antwort pro Frage aus.

6) Sabine Links Haus ist _____.
    a. sehr groß
    b. ziemlich klein
    c. wie ein Museum
    d. nicht auf Sylt

7) Der Butler heißt _____.
    a. David
    b. Arthur
    c. Karl
    d. Maximilian

8) Sabine erinnert sich an die Halskette, als _____.
    a. Arthur über sie spricht
    b. Arthur ihr das Foto von der Truhe zeigt
    c. Arthur ihr von einer Truhe erzählt
    d. Arthur ihr von Davids Goldkette erzählt

9) Als Arthur sich von Sabine verabschiedet, _____.
    a. gibt er ihr einen Brief
    b. erklärt er ihr alles
    c. gibt er ihr Davids Adresse
    d. fragt ihn der Butler, wohin er geht

10) Die Person mit der dritten Zahl lebt _____.

    a. in München

    b. auf Sylt

    c. in Berlin

    d. im Ruhrgebiet

Arthur klingelte. ‚Hm, wieder niemand da?' Er klingelte ein zweites Mal. Jetzt kam jemand an die Tür. Es war ein junger Mann, Mitte zwanzig. Er sah ein bisschen wie David aus, nur mit Bart.

„Hallo", sagte der junge Mann, „was kann ich für Sie tun? Möchten Sie ein Boot mieten?"

„Nein, vielen Dank", antwortete Arthur, „ich möchte kein Boot mieten. Ich möchte etwas mit Ihnen besprechen. Ich heiße übrigens Arthur."

Felix dachte einen Moment lang nach. Er war misstrauisch. ‚Wieso denn ‚Arthur'? Was wollte denn der Alte?' Felix wollte lieber beim „Sie" bleiben und sagte:

„Angenehm. Ich bin Felix. Kommen Sie doch herein."

Arthur sah sich im Haus um. Es war einfach eingerichtet. Etwas konservativ, sauber und ordentlich. Wie die Kleider des junges Mannes.

„So, Arthur", sagte Felix, „worum geht es denn?"

Arthur sah den jungen Mann an. Er wollte gerade etwas sagen. Da sah er den **Ring** an der rechten Hand. Auf dem Ring war eine Zahl. Arthur lachte.

„Was ist los?", fragte der junge Mann. „Was ist denn bitte so komisch?"

„Ich hätte nicht gedacht, dass es so leicht wird!", sagte Arthur.

„Ich verstehe nicht", sagte Felix, „worum geht es denn?"

„Um den Ring", antwortete Arthur, „woher haben Sie den, Felix?"

„Ich erinnere mich nicht mehr genau. Das ist schon viele Jahre her. Ich glaube, er war früher mal ein Teil einer Halskette."

Arthur sah sich die Zahl auf dem Ring an. Jetzt hatte er die dritte Zahl. Endlich war seine Mission erfüllt ... Na ja, sie war fast erfüllt. Ein paar Dinge waren noch zu tun.

„Felix", sagte Arthur, „ich kann jetzt noch nicht alles erklären. Aber das sollst du schon wissen: Ich habe eine alte Truhe. Sieh dir mal dieses Foto an." Felix schaute sich das Foto an. Warum **duzte** ihn der Alte plötzlich? „Die Truhe hat ein Schloss. Man braucht drei Zahlen, um das Schloss zu öffnen. Die drei Zahlen sind bei drei verschiedenen Leuten."

Felix sah Arthur an, dann wieder das Foto. Er verstand den Alten immer noch nicht richtig. Er fragte: „Und was ist da drin in dieser Truhe?"

„Das, mein lieber Felix, kann ich dir jetzt noch nicht sagen."

„Und warum habe ich eine dieser Zahlen?", wollte Felix wissen.

Aber mehr wollte Arthur nicht erklären. Er musste zuerst die ganze Mission erfüllen.

„Felix, lies bitte diesen Brief hier. Zwei weitere Menschen haben den gleichen Brief von mir bekommen. Im Brief steht, was du jetzt tun musst. Ich muss jetzt gehen, sofort. Glaub mir, wir sehen uns bald wieder." Mit diesen Worten verließ Arthur das kleine Haus.

Felix wusste nicht mehr, was er denken sollte. Er stand da mit dem Brief in der Hand. Er öffnete ihn. In dem Brief stand:

Liebe Sabine, lieber David, lieber Felix,

ich freue mich, dass ihr jetzt alle drei diesen Brief bekommen habt. Ich habe euch geholfen, die richtigen Zahlen zu finden. Mit diesen drei Zahlen könnt ihr eine Truhe öffnen. Die Truhe steht bei mir zu Hause in Dortmund. Bitte kommt am nächsten Sonntag um 15.00 Uhr zu mir nach Hause. Dann könnt ihr die Truhe öffnen. Mehr habe ich nicht zu sagen. Kommt am Sonntag. Dann werdet ihr auch erfahren, wer ich bin. Gute Reise!

Viele Grüße

Arthur

Im Brief stand auch Arthurs Adresse.

Sabine, David und Felix trafen sich vor Arthurs Haus. Sabine und David waren zuerst da. Dann kam Felix.

,,Hallo, ihr beiden", sagte Felix.

,,Hallo", antworteten Sabine und David.

Sie wussten nicht so richtig, worüber sie miteinander reden sollten. Dann sagte David:

,,Also, was machen wir hier?"

„Gute Frage", sagte Sabine, „ihr habt wie ich einen Brief gekriegt, oder?"

,,Ja", sagten die beiden Männer.

„Aber ich habe nicht wirklich verstanden, was das alles soll", sagte David.

„Nun, das wollen wir jetzt endlich herausfinden!", sagte Sabine. „Kommt, lasst uns reingehen."

Sabine klingelte, und sofort ging die Tür auf. Arthur hatte sie bereits erwartet. „Hallo! Schön, dass ihr da seid. Bitte kommt herein.“

Arthur führte die drei jungen Leute ins Wohnzimmer. Alles war sauber und ordentlich. In den **Regalen** standen viele Bücher. **Mitten im Raum** stand die Truhe.

Arthur bot Sabine, David und Felix etwas zu trinken an. Aber sie wollten nichts. Sie waren viel zu ungeduldig. Sie konzentrierten sich auf die Truhe in der Mitte.

„Lasst uns jetzt endlich die Truhe öffnen“, sagte David. Arthur lächelte. Sofort gingen die drei auf die Truhe zu. David gab zuerst seine Zahl ein, dann folgten Sabine und Felix. Das Schloss machte „klick“. David und Felix öffneten die Truhe. Die drei jungen Leute sahen hinein. In der Truhe waren ganz viele Dinge. Und oben darauf lag ein Brief.

„Das gibt's doch nicht. Schon wieder ein Brief!“, rief Felix. „Wer will ihn lesen?“

„Ich lese ihn gerne vor“, sagte David. Er nahm den Brief und öffnete ihn. Er las ihn den anderen vor:

Liebe Sabine, lieber David, lieber Felix,
ich freue mich sehr, dass ihr nun alle drei hier seid. Mir war sehr wichtig, dass wir uns alle treffen. Ihr wisst, dass ihr alle ***adoptiert seid***.

Davids Hände fingen an zu **zittern**. „Dann seid ihr auch adoptiert, ja?“, fragte er die beiden anderen.

„Ja, stimmt", sagte Felix und sah Sabine an.

„Ich bin auch adoptiert", sagte sie daraufhin. „Bitte lies weiter, David."

*Ihr drei seid Geschwister. Ich bin euer Onkel. Eure Mutter war meine Schwester. Sie und euer Vater hatten einen **tödlichen Unfall**. Es passierte kurz nach Davids **Geburt**. In der Truhe sind ihre Sachen. Nach dem Unfall war ich euer einziger **Familienangehöriger**. Aber ich konnte mich nicht alleine um euch drei kümmern. Deswegen wurdet ihr wurdet ihr zur Adoption freigegeben. Mir war wichtig, dass ihr **liebevolle** Eltern findet und ein gutes Leben führt. Jetzt seid ihr erwachsen. Es ist höchste Zeit, dass ihr die Wahrheit erfahrt. Ihr habt nämlich mehr Familienangehörige, als ihr immer geglaubt habt. Seht euch um: Ihr habt Geschwister und auch einen Onkel!*

Herzliche Grüße

Euer Onkel Arthur

Sabine, David und Felix sahen sich an. Dann schauten sie sich um. Da stand Arthur – ihr Onkel. Er lächelte und hatte Tränen in den Augen. „Setzt euch bitte. Ich habe euch so viel zu erzählen!"

Anhang zu Kapitel 3

Zusammenfassung

Arthur reist mit dem Zug nach Berlin. Er trifft die dritte Person, Felix. Felix hat einen Ring mit der dritten Zahl. Sabine, David und Felix haben alle den gleichen Brief bekommen. Sie treffen sich bei Arthur in Dortmund. Dort befindet sich die Truhe. Sie öffnen die Truhe und finden einen weiteren Brief. In dem Brief steht, dass Sabine, David und Felix Geschwister sind. Arthur ist ihr Onkel. Die drei jungen Leute wurden adoptiert. Ihre Eltern hatten einen tödlichen Unfall.

Vokabeln

der Bahnhof (train) station

umsteigen to change

aufwachen to wake up

ich finde diese Art von Kunst seltsam I find this type of art strange

sich konzentrieren to concentrate, to focus

die Karte map

der Fluss river

markieren to highlight

jemandem den Weg beschreiben to give somebody directions

gesund healthy

der Steg boat landing

mieten to hire

der Ring ring

duzen to address somebody with 'du'

erfahren to learn

das Regal shelves

mitten im Raum in the centre of the room

adoptiert sein to be adopted

zittern to shake

der tödliche Unfall fatal accident
die Geburt birth
der Familienangehörige family member
liebevoll loving

Fragen im Auswahlverfahren

Wählen Sie nur eine Antwort pro Frage aus.

11) Arthur reist ____ nach Berlin.
   a. mit dem Flugzeug
   b. mit der Bahn
   c. mit dem Taxi
   d. mit dem Schiff

12) Arthur spricht mit dem Taxifahrer über ____.
   a. dessen Familie
   b. seine Familie
   c. eine Kunstgalerie
   d. das Wetter

13) Felix, die dritte Person, lebt ____.
   a. am Bahnhof
   b. neben der Neuen Nationalgalerie
   c. mitten im Berliner Zentrum
   d. an einem Fluss

14) Die Truhe enthält auch ____.
   a. einen Brief
   b. eine Karte
   c. einen Plan
   d. Geld

15) Sabine, David und Felix sind ____.
   a. Cousins
   b. Geschwister
   c. Freunde
   d. Arthurs Kinder

Unbekannte Länder

Kapitel 1 – Neue Länder

Die Wikingerzeit liegt Hunderte von Jahren zurück. Die Wikinger lebten im Norden Europas. Es war dort kalt und es gab viele **Berge**. Das Land war nicht sehr **fruchtbar**. Deshalb, so sagt man, suchten die Wikinger immer neue **Territorien**.

Im Wikingerland gab es ein **Dorf**, das Asglor hieß. Dort lebte Thoric, ein junger Mann. Thoric war etwa sechzehn Jahre alt.

Thoric war sehr stark und mutig für sein Alter. Er war groß und sah gut aus. Er hatte langes braunes Haar, eine **markante** Nase, einen **breiten** Mund und kräftige Arme und Beine.

Eines Tages kam Thoric von der **Jagd** zurück. Alles war wie immer. Die Sonne schien, doch es war etwas kalt. Viele Leute waren draußen.

Auf dem Weg nach Hause sah Thoric Niels, einen bekannten **Kundschafter**. Niels war die meiste Zeit **unterwegs**, auf der Suche nach neuen, fruchtbaren Territorien.

„Hallo Niels!"

„Hallo, Thoric, lange nicht gesehen. Na, mein Freund, wie geht's?"

„Ganz gut, danke. Wie lange bleibst du noch hier?"

„Wahrscheinlich noch zwei Tage."

„Und wo geht's diesmal hin?"

„Genau weiß ich es leider nicht. Eskol sagt, dass wir sehr lange unterwegs sein werden."

Thoric **hatte** großen **Respekt vor** Eskol, ihrem **Häuptling**. Er war ein großer, starker Kerl. Er hatte die längsten schwarzen Haaren, die Thoric je gesehen hatte. Er sprach mit tiefer, ernster Stimme. Eskol war **streng**. Ihm waren **Gesetze** und **Regeln** wichtig. Jeder im Dorf wusste, dass Eskol auch sehr hart sein konnte. Fast alle hielten ihn für einen guten Häuptling.

„Hat Eskol neue Pläne?", fragte Thoric.

„Ja. Aber er hat nicht gesagt, was für welche. Er sagte nur, dass wir diesmal sehr weit fahren müssen."

Häuptling Eskol **schickte** oft Expeditionen los, um neue Territorien zu finden. Asglor war ein kleines Dorf zwischen zwei Bergen. Es lag an einem See. Vom See führte ein **Fluss** zum Meer. Deshalb hatten sie immer genug Wasser. Im Sommer gab es auch genug zu essen. Aber im Winter nicht. Deshalb musste Eskol bald fruchtbarere Territorien finden.

„Gut", sagte Thoric zu Niels. „Wir brauchen diesen Winter mehr und besseres Essen."

„Da hast du recht!", meinte Niels. „Das ist bei uns genauso."

Thoric kannte Niels' Familie nicht näher. Er wusste nur, wer zur Familie gehörte. Manchmal waren sie bei Expeditionen dabei gewesen.

„Niels, ich muss jetzt weiter. Ich muss mich um die Tiere kümmern, die ich heute **erlegt** habe. Meine Mutter will das **Fleisch** verkaufen."

„Alles klar, Thoric, mach's gut."

Thoric ging nach Hause. Er sprach mit seinen Eltern und seiner Schwester. Seine Familie waren **Bauern**. Sie hatten ein kleines Stück Land. Hier **bauten sie Getreide an**. Und sie verkauften das Fleisch der Tiere, die Thoric jagte.

Nach dem Essen konnte Thoric nicht einschlafen. Er dachte über viele Dinge nach. Was hatte Eskol diesmal vor? Warum wusste niemand, wohin die Expedition gehen sollte?

Zwei Tage später ging Thoric wieder jagen. Von Tag zu Tag wurde die Jagd schwieriger. Es gab immer weniger Tiere in den Bergen. Der Winter **stand vor der Tür**.

Als Thoric vom Jagen zurückkam, hörte er Niels hinter sich.

„Thoric!", rief er. „Komm schnell!"

„Was ist denn los, Niels?"

„Häuptling Eskol hat das ganze Dorf zu einer **Versammlung** gerufen."

„Oh, dann wird er uns wohl über seine Pläne informieren, oder?"

„Bestimmt! Wir müssen sofort dahin. Bring schnell das Fleisch nach Hause. Und dann komm!"

Thoric lief nach Hause. Es war niemand da. Wahrscheinlich waren schon alle unterwegs zur Versammlung. Er legte das Fleisch auf den Tisch und rannte zurück zu Niels.

Gemeinsam gingen sie zum Versammlungshaus. Hier lebte Eskol mit seiner Frau und seinen vier Kindern. Aber auch andere Leute aus dem Dorf lebten im Versammlungshaus. Alle, die sich um Eskols Familie und um **Dorfangelegenheiten** kümmerten.

Das Versammlungshaus war ein großes Gebäude aus Holz. An den Wänden gab es viele **Statuen** mit den Göttern der Wikinger. Häuptling Eskol rief immer dann das ganze Dorf zusammen, wenn Wichtiges zu besprechen war. Das war auch heute der Fall.

Anhang zu Kapitel 1

Zusammenfassung

Der junge Wikinger Thoric ist Jäger. Er lebt in Asglor, einem Dorf zwischen zwei Bergen. Asglor liegt an einem See. Der Häuptling des Dorfes heißt Eskol. Thoric ist ein Freund von Niels, einem Kundschafter. Es ist Niels' Aufgabe, nach neuen Territorien für die Wikinger zu suchen. Eines Tages holt Eskol das ganze Dorf zu einer Versammlung zusammen. Er will über etwas Wichtiges informieren.

Vokabeln

unbekannt unknown, undiscovered
der Berg mountain
fruchtbar fertile
das Territorium territory
das Dorf village
markant distinctive
breit wide
die Jagd hunt
der Kundschafter scout
unterwegs to be away, to be on the way
Respekt vor jemandem haben to respect somebody
der Häuptling chief
streng strict
das Gesetz law
die Regel rule
schicken to send (out)
der Fluss river
erlegen to kill an animal
das Fleisch meat
der Bauer farmer

Getreide anbauen to cultivate crops
vor der Tür stehen to be just around the corner
die Versammlung meeting
die Dorfangelegenheiten village matters
die Statue statue

Fragen im Auswahlverfahren

Wählen Sie nur eine Antwort pro Frage aus.

1) Thoric ist ____.
    a. Kundschafter
    b. Jäger
    c. Häuptling
    d. Bauer

2) Niels ist ____.
    a. Kundschafter
    b. Jäger
    c. Häuptling
    d. Bauer

3) Das Dorf Asglor liegt ____.
    a. in einer Wüste
    b. am Meer
    c. zwischen zwei Bergen
    d. im Fluss

4) Eskol ist ____.
    a. Kundschafter
    b. Priester
    c. Bauer
    d. Häuptling des Dorfes

5) Eskol ist ____.
   a. streng mit seinen Söhnen
   b. immer freundlich zu Kindern
   c. nicht an Regeln interessiert
   d. groß und stark und hat lange Haare

Kapitel 2 – Das Meer

Auf der Versammlung passierte genau das, worauf Thoric gewartet hatte. Es ging um die **Erkundung** neuer Territorien. Aber dieses Mal wollte Eskol weiter fahren als sonst, viel weiter. Der Häuptling wollte die Berge und den See weit hinter sich lassen. Er wollte den Fluss entlang bis zum Meer fahren, dann über das Meer immer nach Westen, so weit wie möglich.

Wie alle anderen in der Versammlung waren auch Niels und Thoric unruhig, als sie Eskols Pläne hörten. Aber alle waren dafür. Die **Vorbereitungen** für die große Expedition mussten sofort beginnen.

Alle wussten, dass sie nur wenig Zeit hatten, denn der Winter stand vor der Tür. Es musste schnell etwas passieren. Nach einem Monat waren die Schiffe fast fertig.

Niels war nicht nur Kundschafter. **Er kannte sich auch sehr gut mit Schiffen aus**. Deshalb **leitete er den Bau** der Schiffe. Sie wurden aus Bäumen gebaut, die am Fluss standen. Manchmal kam Häuptling Eskol vorbei. Er war unruhig. Er wollte wissen, wie weit sie mit dem Bau waren.

„Sag mal, Niels", fragte Eskol, „wann können wir mit den Schiffen **in See stechen**? Ich freue mich, dass zwei Schiffe schon fertig im Wasser liegen." Dann wurde er sehr ernst und sagte: „Du weißt, dass wir bald fahren müssen."

„Ich glaube, in einer Woche kann es losgehen. Vielleicht etwas früher."

„In nur einer Woche?! Dann ist das dritte Schiff auch fertig? Gut gemacht, Niels."

„Wir haben gutes Material. Und unsere **Schiffbauer** arbeiten hart."

Am nächsten Tag rief Häuptling Eskol wieder alle ins Versammlungshaus. Jetzt ging es darum, wer mitfahren durfte. Es gab auf den Schiffen nur 75 Plätze. Fast alle Männer wollten dabei sein. Die meisten waren **Krieger**. Sie waren wichtig für eine solche Expedition.

Aber auch Thoric wollte mit. Er war kein Krieger, aber ein guter Jäger. Und Essen war natürlich auch sehr wichtig.

„Wir wissen nicht, was es auf der Expedition zu essen gibt", sagte er zu Eskol. „Du brauchst Jäger, die sich darum kümmern. Ich kann überall Tiere jagen."

Eskol sah Thoric an. Er war zwar noch jung, aber er war schon ein erfahrener Jäger. „Na gut, Thoric. Du kommst mit uns."

Von diesem Moment an konnte Thoric es kaum erwarten, in See zu stechen. Er wollte bei dieser Expedition dabei sein und unbekannte Länder sehen.

Dann war es so weit. Eskol, Niels, Thoric und die anderen Wikinger **verabschiedeten sich** von ihren Frauen und Familien. Dann gingen die Männer an Bord und fuhren ab.

Die drei Schiffe fuhren den Fluss hinunter. Schon bald waren sie auf dem Meer. Sie **nahmen Kurs** nach

Westen. **Die Stimmung** an Bord **war sehr gut**. Die Männer kamen die ersten zwei Wochen schnell voran. Es gab keine Probleme.

Auch nach einem Monat war die Stimmung noch gut. Aber es war immer noch kein **Land in Sicht**. Man sah nirgendwo **Vögel**. Einige Wikinger fingen an zu **zweifeln**.

„Eskol, bist du sicher, dass es im Westen Land gibt?", fragte einer von ihnen.

„Ja, absolut sicher."

„Was ist, wenn wir kein Land finden?"

„Wir werden Land finden", sagte Eskol streng. „Es gibt bestimmt Land im Westen. Das hat mir jemand gesagt, der schon da war. Jemand, der es mit seinen eigenen Augen gesehen hat. Alles klar?"

„Ja, aber ...", der Wikinger wusste nicht genau, wie er es sagen sollte, „aber wer hat dir das gesagt?"

„Das ist doch egal. Ich weiß es eben. Nun geh mir aus den Augen!", sagte der Häuptling.

Eskol war ein guter **Anführer**, er hatte große Autorität. Sein Wille war Gesetz. Er mochte solche Fragen nicht. Und er mochte es nicht, wenn jemand an ihm zweifelte. Aber seine Männer waren nicht so sicher wie Eskol. Deshalb sagte Eskol seiner **Mannschaft**:

„Hört mal her, Männer. Damit das klar ist: Es gibt Land im Westen! Ich weiß das genau. Ich habe hier den Beweis!" Eskol hielt **ein Stück Stoff** hoch. Darauf war eine **seltsame Zeichnung**. „Alles klar?"

Die Mannschaft schwieg. Die Männer **ruderten** weiter. Aber alle fragten sich: „Wer hatte Eskol gesagt, dass es Land im Westen gibt? Von wem hatte er den Beweis?"

Am Nachmittag dieses Tages fing es plötzlich an zu regnen. Es kam ein kräftiger Wind auf. Das Meer wurde sehr unruhig. Und dann kam der **Sturm**. Die Wikinger konnten ihre Schiffe kaum auf Kurs halten. Aber sie blieben zusammen und konnten sich retten.

Danach wurde das Meer wieder ruhig. Die Sonne kam wieder durch. Eskol kontrollierte den Kurs der Schiffe. Eigentlich hatte er es erwartet: Der Sturm hatte den Kurs verändert. Jetzt war Eskol nicht mehr sicher, wo sie waren. Aber das durfte er der Mannschaft nicht sagen. Eskol schwieg. Vielleicht waren sie ja doch noch auf dem richtigen Kurs. Dort am **Horizont** musste es doch Land geben.

Mehrere Tage später **wachte** Thoric früh am Morgen **auf**. Alle anderen schliefen noch. Er sah nach oben. Da war doch etwas. Weit weg, am Horizont. Thoric konnte es nicht glauben. Er sah noch einmal genau hin. Kein Zweifel, da waren Vögel!

Thoric ging zu Niels. „Niels, wach auf. Ich habe Vögel gesehen!"

Niels war sofort wach. „Wie? Was?", fragte er, „Vögel?! Dann ist also **Land in Sicht**?", fragte der Kundschafter. Jetzt sah er die Vögel auch, weit hinten am Horizont. „Odin sei Dank! Es stimmt. Dann sind wir gerettet. Wir müssen **Eskol Bescheid geben**."

Die beiden rannten zu ihrem Häuptling.

„Eskol, wach auf!", rief Niels.

„Niels? Thoric? Was ist los?"

„Wir haben Vögel gesehen!", sagte Thoric, „Land in Sicht!"

Eskol stand auf und rief den Männer zu: „Aufwachen, Männer! Wir müssen rudern! Los! Alle aufwachen! Land in Sicht!"

Die Männern ruderten so schnell sie konnten. Als die Schiffe sich endlich dem Strand näherten, **lächelten** viele von ihnen. Auch Thoric und Niels waren sehr froh. Nur einer lächelte nicht: Häuptling Eskol. Er lächelte nämlich nie.

Die Schiffe **legten am Strand an**. Es war ein langer Strand. Weiter drüben gab es viele hohe Bäume und Berge. Und es war wunderschön hier.

Die Wikinger gingen an Land. Eskol fragte seinen Kundschafter Niels: „Was ist das hier für ein Land, Niels?"

„Keine Ahnung, Eskol," antwortete Niels. „Ich war noch nie hier. Ich habe noch nie von diesem Land gehört."

„Wir müssen uns das hier genauer ansehen", sagte der Häuptling.

„Ja, das sollten wir tun", meinte Niels.

Eskol rief seine Mannschaft zusammen und sagte: „Wir brauchen etwas zu essen. Wir haben keine **Vorräte** mehr. Ihr müsst ein paar Tiere erlegen."

Thoric und Niels gingen zusammen zur Jagd. Irgendwie war alles anders als sonst. Die Bäumen sahen anders aus. Auch die Tiere, die es hier gab, hatten sie noch nie gesehen. Aber das war egal. Essen konnte man das Fleisch auf jeden Fall. Es war anders, aber nicht schlecht.

Am Abend saßen die Männer alle zusammen am Strand. Eskol sagte: „Also Männer, wir haben gegessen und getrunken. Jetzt müssen wir dieses Land erkunden. Wir müssen wissen, wie fruchtbar es ist und ob wir Getreide anbauen können. Wenn wir hier besser leben können als zu Hause, holen wir unsere Familien hierher."

Einer der Männer sagte: „Woher wissen wir, wo wir sind? Sind wir im Sturm nicht vom Kurs abgekommen?"

Eskol schwieg lange. Es kam fast nie vor, dass er auf eine Frage nicht antworten konnte. Jetzt war es so. Er gab einfach keine Antwort. Er sagte nur: „Ihr habt es gehört, Männer. Wir müssen dieses Land erkunden. Schlaft jetzt. Gleich morgen früh gehen wir los."

Anhang zu Kapitel 2

Zusammenfassung

Eskol sagt den Frauen und Männern des Dorfes, dass er eine große Expedition plant. Die Wikinger fahren mit drei Schiffen und 75 Männern nach Westen. Auch Thoric und Niels sind dabei. Sie geraten in einen Sturm. Der Sturm verändert ihren Kurs. Nach vielen Wochen auf dem Meer ist endlich wieder Land in Sicht. Dort finden die Männer etwas zu essen und zu trinken. Aber die meisten Tiere und Bäume sehen anders als zu Hause aus.

Vokabeln

die Erkundung exploration

die Vorbereitung preparation

Er kannte sich sehr gut mit Schiffen aus. He knew a lot about ships.

den Bau leiten to manage construction works

in See stechen to set sail

der Schiffbauer shipbuilder

der Krieger warrior

sich verabschieden to say goodbye

Kurs nehmen to steer a course

die Stimmung war sehr gut morale was very high

Land in Sicht land in sight (Land ahoy!)

der Vogel bird

zweifeln to question, doubt

der Anführer leader

die Mannschaft crew

das Stück Stoff piece of cloth

die seltsame Zeichnung strange illustration

rudern to row

der Sturm storm

der Horizont horizon

aufwachen to wake up

jemandem Bescheid geben to let somebody know

lächeln to smile

am Strand anlegen to land on the beach

der Vorrat supply

Fragen im Auswahlverfahren

Wählen Sie nur eine Antwort pro Frage aus.

6) Eskol nimmt _____ mit auf die Expedition.
   a. 50 Wikinger
   b. 60 Wikinger
   c. 75 Wikinger
   d. 85 Wikinger

7) Die Wikinger bauen _____ für ihre Expedition.
   a. 2 Schiffe
   b. 3 Schiffe
   c. 4 Schiffe
   d. 5 Schiffe

8) Die meisten Männer an Bord sind _____.
   a. Bauern
   b. Schiffbauer
   c. Krieger
   d. Jäger

9) Während der ersten Wochen auf See ist die Stimmung ____.

    a. sehr gut

    b. sehr schlecht

    c. weder schlecht noch gut

    d. meistens nicht so gut

10) Das unbekannte Land ist seltsam, weil es ____.

    a. unbekannte Tiere und Bäume gibt

    b. andere Wikinger gibt

    c. keine Nahrung gibt

    d. sehr heiß ist

Kapitel 3 – Die Entscheidung

Die Wikinger **standen** früh am nächsten Morgen **auf**. Sie hatten noch Vorräte von ihren Schiffen und Fleisch von der Jagd.

Als Eskol mit dem Essen fertig war, ging Thoric zu ihm.

„Hallo, Häuptling."

„Hallo, Thoric. Alles in Ordnung?"

„Ja und nein. Ich muss mit dir reden."

„Worum geht es denn?"

„Du weißt, dass einige Männer **Zweifel** hatten. Sie stellten viele Fragen. Sie waren nicht sicher, ob es im Westen wirklich Land gibt. Aber du bist ein guter Anführer. Du hast uns hierhergeführt."

„Gut, Thoric. Und was willst du eigentlich sagen?"

„Mir geht es um den Mann, der dir von diesem Land erzählt hat. Der dir den Beweis gegeben hat. Wer war das?"

„Der Mann, der mir sagte, dass dieses Land existiert?"

„Ja, genau der."

Häuptling Eskol schaute sich um.

„Was ist denn los?", fragte Thoric.

„Wo ist Niels?"

„Er schläft noch, glaube ich."

„Also gut. Es war Niels' Vater."

„Niels' Vater?!"

„Ja."

Wie war das möglich? Thoric sagte: „Aber Niels'
Vater ist doch auf einer Expedition in den Osten
gestorben. Irgendwo in den Bergen."

„Nein, Thoric. Alle haben das geglaubt, aber es
stimmte nicht. Ich schickte ihn nach Westen auf eine
Expedition. Niemand sonst wusste davon."

„Du hast ihn hierher geschickt? Ihn alleine?"

„Nein, natürlich nicht allein. Es waren noch 13
andere Männer dabei. Zwei sind schon in den ersten
Wochen unterwegs gestorben. Und acht Männer
starben hier. Nur Niels' Vater und zwei Männer
schafften es wieder zurück. Kurz danach sind auch
sie gestorben, vor **Erschöpfung**. Bevor Niels' Vater
starb, erzählte er mir von diesem Land hier. Und er gab
mir dieses Stück Stoff."

Eskol legte das Stück Stoff auf den Tisch. Es war
wirklich eine seltsame Zeichnung. Thoric hatte so
etwas noch nie gesehen. Er sah seinen Häuptling an.
Ja, das war ein Beweis. Aber wie war das, als Eskol Niels'
Vater und die anderen Männer nach Westen schickte?
Gab es damals auch einen Beweis?

„Woher wusstest du denn, dass Niels im Westen
Land finden würde?"

„Ich wusste es nicht. Das war nur so ein Gefühl, ein
starkes Gefühl."

„Ein Gefühl? Niels' Vater musste sterben, weil du
ein Gefühl im Bauch hattest? Das hast du **riskiert**?"
Thoric sah Eskol lange an. „Wenn Niels das **erfährt**,
redet er nie wieder mit dir."

Eskol legte seine Hand auf Thorics Arm. „Hör mir
zu. Du darfst es Niels nicht erzählen. Niels ist unser

bester Kundschafter. Er ist noch jung, aber er ist schon fast so gut wie sein Vater. Wir brauchen ihn."

Thoric nickte. „Ja, du hast recht."

„Gut. Dann geh jetzt zurück zu den anderen Männern."

Kurz danach nahmen die Wikinger ihre **Waffen**. Sie überquerten den Strand und gingen in den Wald hinein. Niels führte die Gruppe an. Im Wald war es viel heißer als am Strand. Nach mehreren Stunden im Wald kamen sie an einen **Hügel**. Oben auf dem Hügel war ein Dorf. Niels sah das Dorf zuerst. Er **hob die Hand**. Sofort blieben alle stehen.

Niels, Eskol und Thoric sahen sich das Dorf genauer an. Es sah seltsam aus. Auch die Menschen schienen seltsam. Die Männer, Frauen und Kinder waren **dunkler** als die Wikinger. Und ihre **Kleidung** war auch ganz anders. Die drei Männer sahen sich an. Was sollten sie jetzt tun?

Eskol ging den Hügel hinauf. Die anderen Wikinger **folgten ihm**. Die **Dorfbewohner** sahen die Wikinger und wurden sofort unruhig. Sie hatten Angst. Einige rannten weg, in ihre **Hütten**. Andere blieben einfach stehen. Auch Eskol blieb stehen. Er hob beide Hände und sagte: „Keine Angst. **Wir tun euch nichts**. Wir sind Freunde."

Ein großer Mann kam aus einer Hütte heraus. Er **bot** Eskol etwas zu trinken **an**. Eskol trank. Dann sagte der Mann ,Wasser' in der Sprache der Wikinger! Er konnte also ihre Sprache sprechen. Wie war das möglich?

Eskol und der Häuptling des Dorfes redeten lange miteinander. Er erfuhr viele Dinge über das Dorf. Der Dorfhäuptling hatte die Wikingersprache von den Männern der ersten Expedition gelernt. Die Dorfbewohner hatten damals versucht, den Wikingern zu helfen. Aber sie hatten die Hilfe nicht **angenommen**. Und dann waren sie nach und nach gestorben. Einige an **Krankheiten**, andere wurden von Tieren getötet.

Danach rief Eskol alle Männer zu einer Versammlung zusammen. Er sagte: ,,Männer, ich weiß jetzt, dass vor uns auch schon Wikinger hier waren. Aber sie haben nicht **auf** die Dorfbewohner **gehört**. Sie haben ihre Hilfe nicht angenommen. Und sie sind gestorben.''

Eskol sah seine Männer ernst an. „Einige Wikinger sind wieder mit einem Boot weggefahren. Sie wollten zurück nach Hause." Eskol schwieg einen Moment. Er sah kurz nach unten. Dann sagte er: „Ich habe diese Männer getroffen. Sie haben mir von diesem Land hier erzählt. Aber sie sind auch tot. Sie starben vor Erschöpfung."

Die Männer sahen sich an. Daher wusste ihr Häuptling also von diesem Land im Westen.

„Wir müssen jetzt **eine Entscheidung treffen**. Ich weiß nicht genau, wo wir sind. Durch den Sturm sind wir vom Kurs abgekommen."

Jetzt wurden die Wikinger unruhig. Ihr Häuptling wusste also nicht, wo sie waren? Wie sollten sie dann wieder nach Hause kommen?

Eskol sprach weiter: „Wir müssen jetzt eine Entscheidung treffen. Bleiben wir hier? Wollen wir hier leben? Wenn ja, dann werden uns die Dorfbewohner helfen. Sie werden uns zu essen geben. Und wir werden lernen, wie man hier am besten überleben kann. Oder wollen wir wieder nach Hause? Und dabei unser Leben riskieren?"

Häuptling Eskol sah die Dorfbewohner an. „Diese guten Menschen hier", sagte er dann zu seinen Männern, „kennen dieses Land. Sie wissen, wie man Getreide anbaut. Und sie wissen, wie und was man hier jagen kann. Sie bieten uns an zu bleiben. Für mich ist klar: Wir sollten dieses Angebot annehmen und bleiben."

Einer der Wikinger rief: „Dann lassen wir unsere Frauen und Familien allein! Wir sehen unsere Freunde nie wieder! Das können wir doch nicht machen."

Ein anderer sagte: „Seht euch mal unsere Schiffe an. Sie sind vom Sturm **beschädigt**. Mit diesen Schiffen kommen wir nicht mehr nach Hause."

Eskol sah die beiden Männer an: „Wahrscheinlich habt ihr beide recht. Deswegen müssen wir ja eine Entscheidung treffen. Ihr habt die Wahl. Wenn ihr nach Hause fahren wollt, dann geht. Ihr seid frei. Und wer hierbleiben möchte, ist willkommen. Ab jetzt bin ich nicht mehr euer Häuptling. Ich bin einer von euch – ein Mann, der eine Entscheidung treffen muss."

Schließlich gab es zwei Gruppen. Eine Gruppe wollte bleiben und ein neues Wikingerdorf **gründen**. Die andere Gruppe wollte zurück.

Nach etwa einem Monat stach die zweite Gruppe in See. Die Männer verabschiedeten sich voneinander. Eskol sagte: „Unsere Expedition ist nicht nach Plan gelaufen."

„Nein, das stimmt", meinte Niels daraufhin, „aber du wolltest unserem Dorf helfen, Eskol. Und du hast uns in ein Land geführt, wo wir gut leben können."

„Richtig", sagte Thoric. „Ich finde es gut, so viel Neues zu entdecken. Ein neues Land, ein neues Leben!"

„Wenn wir wollen, können wir immer wieder neue Territorien suchen", sagte Niels. „Dies hier war bestimmt nicht unsere letzte Expedition. Wir sind zusammen und uns geht es gut!", jetzt lächelte Niels, „Häuptling!"

Alle Männer lachten. Natürlich waren sie bereit für die nächste Expedition. Sie waren schließlich Wikinger. Sie würden immer wieder unbekannte Länder entdecken. Aber das Land, das Eskol und seine Männer diesmal entdeckt hatten, würde später Nordamerika heißen.

Anhang zu Kapitel 3

Zusammenfassung

Die Wikinger erkunden das neue Territorium. Sie treffen auf ein Dorf. Die Einwohner sind freundlich und wollen den Wikingern helfen. Die Wikinger erfahren, dass schon einmal eine Gruppe Wikinger hier war. Nun müssen Eskol und seine Männer entscheiden, ob sie bleiben wollen. Einige Männer versuchen, mit dem Schiff wieder nach Hause zu kommen. Die anderen, darunter auch Eskol, Niels und Thoric, bleiben. Sie wollen das neue Land entdecken. Das Land, das später Nordamerika heißt.

Vokabeln

die Entscheidung decision
aufstehen to get up
der Zweifel doubt
die Erschöpfung exhaustion
riskieren to risk
erfahren to learn
die Waffe weapon
überqueren to cross
der Hügel hill
die Hand heben to raise one's hand
dunkel dark
die Kleidung clothes
jemandem folgen to follow somebody
der Dorfbewohner villager
die Hütte hut
Wir tun euch nichts. We won't hurt you.
jemandem etwas anbieten to offer something to somebody
annehmen to accept

die Krankheit disease, sickness
auf jemanden hören to listen to somebody
eine Entscheidung treffen to take (make) a decision
überleben to survive
beschädigen to damage
gründen to found

Fragen im Auswahlverfahren

Wählen Sie nur eine Antwort pro Frage aus.

11) Der Mann, der Eskol von den Ländern im Westen erzählt
hatte, war ____.
   a. Eskols Vater
   b. Thorics Vater
   c. Niels' Vater
   d. der Häuptling des Dorfes

12) Als die Wikinger durch den Wald gehen, sehen sie ____.
   a. viele wilde Tiere
   b. eine andere Gruppe Wikinger
   c. ein Dorf auf einem Hügel
   d. große Vögel

13) Die Menschen im Dorf ____.
   a. haben schon einmal Wikinger getötet
   b. tragen Wikingerkleidung
   c. haben keine Waffen
   d. sind freundlich und wollen helfen

14) Häuptling Eskol entscheidet sich, _____.

    a. wieder nach Hause zu fahren

    b. die Schiffe zu reparieren

    c. im neuen Territorium zu bleiben

    d. mit anderen Wikingern im Wald zu leben

15) Das neue Territorium heißt später _____.

    a. Nordamerika

    b. Skandinavien

    c. Dänemark

    d. Nordfriesland

Laura, die Unsichtbare

Kapitel 1 – Das Ereignis

Laura war eine Frau Ende dreißig, **verheiratet**, keine Kinder. Sie arbeitete als **Projektleiterin** in einem Büro in Wien, der Hauptstadt von Österreich. Sie mochte ihre Arbeit. Es gab immer viel zu tun. Oft kam sie spät nach Hause. Ihr **Gehalt** war nicht schlecht. Aber Laura fand, dass sie nicht genug **verdiente**. Am Wochenende ging sie gerne mit Freundinnen und Freunden aus.

Wien ist eine Stadt mit viel Kultur. Dort leben Menschen aus vielen Ländern. Es ist immer etwas los. Laura lebte gerne in der Stadt. Aber manchmal suchte sie auch die Ruhe. Dann fuhr sie in einen Park oder an die Donau.

So war es auch an einem Wochenende im Juli. Eigentlich war es ein Wochenende wie viele andere. Sie war mit einer Freundin und einem Freund **unterwegs**, Elsa und Tarek. Sie kannten sich schon viele Jahre. Laura fuhr.

Laura hielt auf einem Parkplatz auf der Donauinsel. Sie wollte mit ihren Freunden **grillen**. Sie stiegen aus dem Auto.

„Wie weit ist es von hier, Laura?", fragte Tarek.

„Nur ein paar Minuten zu Fuß."

Laura, Tarek und Elsa holten das Grillzeug aus dem Auto. Sie suchten sich einen schönen Platz und schon ging es los.

Elsa **zündete die Grillkohle an**. Da erinnerte sich Laura, dass sie noch telefonieren musste. Sie stand auf und sagte zu ihren Freunden:

„Ich bin gleich wieder da. Ich muss noch kurz wegen der Arbeit telefonieren."

„Es ist Wochenende! Machst du denn nie mal Pause?", fragte Tarek.

„Tarek hat recht", meinte Elsa, „du arbeitest zu viel. Am Wochenende solltest du dich mal **ausruhen**."

„Ja, stimmt", antwortete Laura, „aber es ist wichtig. **Es dauert nicht lange**!"

Laura ging zu ein paar hohen Bäumen, die **in der Nähe** standen. Zwischen den Bäumen war es ziemlich dunkel. Sie rief ihren Chef an und sprach mit ihm über die Arbeit. Sie erzählte ihm, wie weit sie mit ihrem Projekt war.

Während sie mit ihm sprach, sah sie hinter einem Baum auf dem Boden ein **seltsames** Licht. Laura **beendete das Gespräch** und steckte das Handy ein.

Sie ging näher an das Licht heran. Es kam von einem kleinen, seltsamen **Gegenstand**. Laura **fasste** den Gegenstand **an**. Das Licht **erlosch**. Sie legte den Gegenstand wieder auf den Boden.

Laura ging zu ihren Freunden zurück. Sie erinnerte sich noch an eine Sache, die sie aus dem Auto holen musste. Als sie zurückkam, setzte sie sich neben Tarek und Elsa. Sie sprachen gerade über sie.

„Natürlich", sagte Tarek, „arbeitet Laura einfach zu viel. Sie sollte ihr Handy an so einem Tag gar nicht mitnehmen."

„Das sehe ich auch so", sagte Elsa, „es ist nicht gut, immer nur zu arbeiten. Laura braucht auch mal Ruhe."

Laura ging zum Grill. Da passierte etwas Seltsames: Tarek und Elsa schauten sie nicht an.

‚Warum schauen sie mich nicht an?', dachte Laura.

Laura **winkte,** doch niemand sah die Bewegung. Dann rief sie etwas. Keine Reaktion. Es schien, als wäre sie für die anderen nicht da.

‚Wie seltsam. Sie können mich nicht sehen. Sie können mich nicht hören. Wow! Ich bin unsichtbar! Hahahaha! Aber wie kommt das?'

Laura erinnerte sich an den Gegenstand, den sie zwischen den Bäumen gefunden hatte. Sie dachte an das Licht. Und daran, wie es erlosch, als sie den Gegenstand anfasste.

‚Ist es wegen des Gegenstandes, dass ich jetzt unsichtbar bin? Ich glaube, das gefällt mir … Jetzt hör ich mir mal an, was Tarek und Elsa sonst noch sagen.'

Tarek nahm das Essen vom Grill. Elsa half ihm und stellte die **Getränke** auf den Tisch.

„Weißt du", sagte Tarek, „es ist natürlich auch normal, dass Laura viel arbeitet. Das ist bei Projekten so. Und sie hat **sich** auch sehr **angestrengt,** diesen interessanten Job zu kriegen. Aber sie sollte es nicht übertreiben. Außerdem zahlt ihr Boss ihr nicht genug."

„Das ist richtig. Aber wahrscheinlich wird sie in Zukunft mehr Geld verdienen."

„Hoffentlich. Auf jeden Fall freue ich mich, dass wir ihre Freunde sind. Wir müssen es nur schaffen, dass sie am Wochenende mal Pause macht. Siehst du, wir grillen hier und sie telefoniert die ganze Zeit mit ihrem Chef."

„Vielleicht wird ihm so ja klar, dass Laura seine beste Projektleiterin ist."

Es war schön für Laura zu hören, wie sehr ihre Freunde sie **unterstützten**. Aber sie **hatte auch ein schlechtes Gewissen**, sie zu **belauschen**.

„Warum ist Laura eigentlich immer noch nicht wieder da? Wo bleibt die nur?", fragte Tarek.

„Ja, stimmt. Das ist sehr seltsam. Sie müsste schon längst wieder hier sein."

„Lass uns Laura suchen gehen."

Sie machten das Grillfeuer aus und gingen zu den Bäumen. Dort sahen sie den seltsamen Gegenstand. Tarek nahm ihn in die Hand.

„Guck mal, Elsa. Was ist denn das?"

„Keine Ahnung. Lass das bitte liegen. Das ist **Schrott**. Was sollen wir damit?"

Tarek und Elsa konnten Laura nicht finden. Schließlich gingen sie zum Parkplatz zurück. Aber Lauras Auto war nicht mehr da. Laura war damit ins Zentrum gefahren. Dort parkte sie in der Alser Straße und ging zum Rathausplatz. Sie war wie Luft – unsichtbar.

,Niemand sieht mich! Das ist wirklich verrückt!', dachte sie.

Sie **überlegte**, was sie noch alles tun wollte, so lange sie unsichtbar war.

Anhang zu Kapitel 1

Zusammenfassung

Laura ist Ende 30 und lebt in Wien. Sie arbeitet als Projektleiterin. Sie hat wenig Zeit. An einem Wochenende im Juli fährt sie mit zwei Freunden, Elsa und Tarek, zum Grillen. Als sie mit ihrem Chef telefoniert, findet sie hinter einem Baum einen seltsamen Gegenstand. Sie fasst ihn an. Daraufhin ist sie unsichtbar. Sie fährt mit dem Auto zurück in die Stadt. Auch dort kann niemand sie sehen.

Vokabeln

unsichtbar invisible
verheiratet married
die Projektleiterin project manager
das Gehalt salary
verdienen to earn
unterwegs to be away, to be on the way
grillen to have a barbecue
die Grillkohle anzünden to light the barbecue coal
ausruhen to rest, relax
es dauert nicht lange it won't be long
in der Nähe near, nearby
seltsam strange, odd
das (Telefon-)Gespräch beenden to finish a call
der Gegenstand object
etwas anfassen to touch something
erlöschen to go out
winken to wave
das Getränk drink
sich anstrengen to make a great effort
etwas übertreiben to exaggerate, to overdo something

unterstützen to support

ein schlechtes Gewissen haben to have a bad conscience

jemanden belauschen to eavesdrop on somebody

der Schrott junk, scrap

etwas überlegen to think about something

Fragen im Auswahlverfahren

Wählen Sie nur eine Antwort pro Frage aus.

1) Laura ist _____.
   a. eine junge Wienerin
   b. eine Frau mittleren Alters
   c. eine ältere Frau
   d. eine Studentin aus Deutschland

2) Laura arbeitet als _____.
   a. Projektleiterin
   b. Chefin
   c. Betriebswirtin
   d. Fahrerin

3) Ihre beiden besten Freunde heißen _____.
   a. Tarek und Vanessa
   b. Alfred und Vanessa
   c. Tarek und Elsa
   d. Tarek und Alfred

4) Ihre Freunde meinen, dass sie _____.
   a. sich eine neue Arbeit suchen sollte
   b. zu wenig arbeitet
   c. zu viel arbeitet
   d. zu viel Geld verdient

5) Der seltsame Gegenstand macht Laura _____.

   a. hungrig
   b. unbesiegbar
   c. unsichtbar
   d. stark

Kapitel 2 – Die Lüge

Laura **ging** auf dem Rathausplatz **spazieren**. Der Rathausplatz ist ein großer Platz im Zentrum von Wien. Hier sind immer viele Menschen unterwegs. Es gibt viele Cafés, vor denen viele Leute draußen sitzen.

Laura setzte sich an einen Tisch. Sie wollte einen Kaffee trinken. Sie winkte dem **Kellner**. Aber der Kellner ging immer wieder an ihr vorbei. Laura stand auf und ging weiter. Die Menschen sahen sie nicht, doch sie konnten sie **berühren**. Für Laura war das ein seltsames Gefühl.

Lauras Freunde waren bestimmt **besorgt**, aber sie wollte noch ein bisschen herumlaufen. Dann hatte sie eine Idee: Wie es wohl wäre, wenn sie ins Büro ginge? Sie erinnerte sich, dass ihr Chef an diesem Samstag im Büro war. Sie hatte ja mit ihm telefoniert.

Ihr Büro war in der Nähe des Rathausplatzes. Die Kamera am **Eingang** filmte sie nicht. Sie ging mit einem anderen **Mitarbeiter** durch die Tür und fuhr in die sechste **Etage**. Sie betrat das Büro. Ihr Chef sprach gerade mit dem Personalchef des **Unternehmens**.

„Ich bin wirklich sehr **zufrieden**. Unsere Mitarbeiter arbeiten sehr gut. Wir machen viel **Umsatz**, aber nur einen kleinen **Gewinn**."

‚Das Unternehmen läuft gut, und ich verdiene so wenig? Wie kommt denn das?', dachte Laura.

„**Besonders** zufrieden bin ich mit einer Projektmanagerin aus meinem Team: Laura Staufer. Sie arbeitet hier seit fünf Jahren. Sie ist eine exzellente Mitarbeiterin. Trotzdem hat sie noch nie **eine Gehaltserhöhung verlangt**. Ich **finde es sehr schade**, dass ich ihr im Moment nicht mehr bezahlen kann. Aber seit drei Jahren müssen wir den ganzen Gewinn in unsere IT investieren."

‚Wow! Mein Chef meint also, dass ich eine gute Mitarbeiterin bin! Und er würde mir auch mehr bezahlen, wenn er könnte. Und ich habe immer gedacht, er will mir einfach nicht mehr Geld zahlen …'

Laura sah, dass Antons Bürotür offen war. Anton war ein Projektmanager, der auch noch für ein anderes Unternehmen arbeitete. Laura wollte gerne wissen, an welchen Projekten Anton noch arbeitete. Sie ging hinein. Auf dem **Schreibtisch** lagen verschiedene **Unterlagen**.

Jetzt hörte Laura, wie ihr Chef in seinem Büro mit Anton redete.

„Sagen Sie mal, Anton. Ich hatte Ihnen doch vor zwei Wochen die Unterlagen des neuen Projektes gegeben. Das könnte uns viel Geld bringen. Haben Sie das Projekt schon **kalkuliert**? Sollten wir es realisieren?"

„Tja, die Kalkulation ist fertig", antwortete Anton, „aber dieses Projekt sollten wir nicht machen, Chef. Auf keinen Fall. Es wird viel zu **teuer** für uns. Da können wir nichts verdienen."

„Schade", sagte Lauras Chef, „das hätte ich nicht gedacht."

Laura sah sich die Kalkulation auf Antons Schreibtisch an. ‚Moment mal', dachte sie. ‚Wie kann das sein? Es stimmt ja gar nicht, was Anton da sagt. Nach dieser Kalkulation ist das Projekt sehr **profitabel**. Warum sagt Anton denn nicht die Wahrheit?'

Doch dann **blätterte** Laura weiter in den Unterlagen. Briefe ... Listen ... eine **Notiz**. Und hier stand, dass das andere Unternehmen, für das Anton arbeitete, viel Geld verlieren könnte, wenn das Projekt realisiert würde.

‚Ach so, jetzt verstehe ich alles. Was für ein Egoist Anton doch ist! Wenn wir dieses Projekt realisieren, könnte ich endlich eine Gehaltserhöhung bekommen!'

Laura dachte darüber nach, was sie jetzt tun könnte. Antons Lüge musste doch Folgen haben! Dann hatte sie eine Idee. Sie blieb in ihrem Büro, bis ihr Chef und alle Mitarbeiter nach Hause gegangen waren. Dann legte sie die Unterlagen des neuen Projektes auf den Schreibtisch ihres Chefs.

Danach verließ Laura das Büro. Sie ging zu ihrem Auto und fuhr nach Hause. Es war schon spät. Leise betrat sie das Haus, wo sie mit ihrem Mann Andreas wohnte. Andreas war im **Wohnzimmer**. Er schien zu telefonieren. Laura betrat das Wohnzimmer. Sie hörte, wie ihr Mann **weinte** und sagte:

„Sind Sie sicher, Inspektor? Im Krankenhaus auch nicht? Aber wo kann sie denn nur sein?"

Andreas telefonierte also mit der Polizei. Laura war schon seit Stunden weg und Andreas war sehr besorgt. Andreas' Schwester war auch im Haus.

Andreas beendete das Gespräch. Er weinte immer noch. Er tat ihr sehr leid. Das war kein Spiel mehr. Laura dachte nach. Andreas und sie hatten aus Liebe geheiratet. Aber sie waren die letzten Jahre nicht besonders glücklich miteinander gewesen. Sie hatte immer wenig Zeit, weil sie so viel arbeitete ... Sie hatte ein schlechtes Gewissen. Was konnte sie tun, um wieder sichtbar zu werden? Niemand wusste, wo sie war. Andreas liebte sie sehr und er hatte große Angst um sie. Zuerst war es ja lustig gewesen, unsichtbar zu sein. Aber jetzt nicht mehr. ‚Alles meine Schuld, dass Andreas so traurig ist‘, dachte sie, ‚aber was kann ich machen? ... Na klar, der Gegenstand. Ich muss ihn nochmal anfassen und dann bin ich wieder sichtbar.‘

Laura verließ das Haus und setzte sich ins Auto. Sie musste wieder zur Donauinsel fahren, zum Grillplatz. Als sie am Parkplatz ankam, waren dort viele Autos. Und der Grillplatz waren voller Menschen. Überall liefen Leute mit Taschenlampen herum, die etwas riefen. Mein Gott, was war denn hier los?

Anhang zu Kapitel 2

Zusammenfassung

Laura spaziert über den Rathausplatz. Dann geht sie ins Büro. Ihr Chef und mehrere Mitarbeiter sind auch da. Anton, ein anderer Projektmanager, arbeitet auch bei einem anderen Unternehmen. Er lügt ihren Chef bei einem Projekt an. Damit ihr Chef die Wahrheit erfährt, legt sie die Projektunterlagen auf seinen Schreibtisch. Dann fährt sie nach Hause. Ihr Mann telefoniert mit der Polizei. Er hat große Angst und weint, weil niemand weiß, wo Laura ist. Laura will den seltsamen Gegenstand nochmal anfassen, um wieder sichtbar zu werden. Sie fährt zum Grillplatz zurück.

Vokabeln

die Lüge lie
spazieren gehen to go for a stroll
der Kellner waiter
berühren to touch
besorgt worried
der Eingang entrance
der Mitarbeiter employee, co-worker
die Etage floor (in a building)
das Unternehmen company
zufrieden happy, content
der Umsatz sales, turnover
der Gewinn profit
besonders particularly
eine Gehaltserhöhung verlangen to demand a raise
ich finde es schade I think it's a pity, it saddens me
der Schreibtisch desk
die Unterlagen (Pl.) papers, documents

kalkulieren to calculate

teuer expensive

profitabel profitable

blättern to flick, to leaf through

die Notiz note

das Wohnzimmer living room

weinen to cry

Fragen im Auswahlverfahren

Wählen Sie nur eine Frage je Antwort aus.

6) Der Wiener Rathausplatz ist ein Platz _____.

   a. im Zentrum der Stadt

   b. auf der Donauinsel

   c. in einem großen Park

   d. in einem Vorort von Wien

7) Laura fährt vom Büro _____.

   a. nach Hause

   b. zum Grillplatz

   c. auf die Donauinsel

   d. zum Einkaufen

8) Anton _____.

   a. will das Unternehmen verlassen

   b. ist Lauras Chef

   c. sagt nicht die Wahrheit über das neue Projekt

   d. ist Lauras Mann

9) Laura legt _____ auf den Schreibtisch ihres Chefs.
   a. Geld
   b. einen Brief
   c. die Unterlagen des neuen Projektes
   d. eine Rechnung

10) Laura will nicht mehr unsichtbar sein, weil _____.
    a. ihr Mann Angst hat und weint
    b. die Polizei angerufen hat
    c. sie dann nicht mit dem Auto fahren kann
    d. sie dann ihre Arbeit verliert

Kapitel 3 – Der Gegenstand

Was machten denn all diese Leute hier auf dem Grillplatz? Und was riefen sie da? Laura hörte immer wieder ihren Namen. ‚Ach ja, natürlich‘, dachte sie, ‚sie suchen mich.‘

Das Essen und die Getränke standen immer noch auf dem Tisch. Niemand hatte etwas gegessen. Dort saßen Elsa und Tarek. Auf dem Grillplatz, zwischen den **Büschen** und Bäumen und am **Ufer** liefen Leute mit Taschenlampen: Freunde und Familie, Polizisten, auch Wiener, die einfach nur helfen wollten.

„Elsa, ich habe keine Idee mehr, wo sie sein kann", sagte Tarek.

„Keine Sorge", antwortete Elsa, „sie wird bestimmt jeden Moment **auftauchen**. Aber es ist wirklich sehr seltsam."

„Ja, Elsa. Ich habe noch gesehen, wie sie mit dem Handy telefonierte. Und dann war sie plötzlich weg."

„Sie kann sich doch nicht in Luft auflösen."

„Aber so sieht es fast aus."

Laura hörte das Gespräch aus der Nähe. Sie wollte nicht länger unsichtbar sein. Ihr schlechtes Gewissen wurde immer größer. Sie musste den Gegenstand wiederfinden und ihn noch einmal anfassen.

„Hör mal, Elsa", sprach Tarek weiter.

„Ja?"

„Erinnerst du dich an diesen Gegenstand, den wir zwischen den Bäumen gefunden haben?"

„Ja, das war doch nur Schrott, oder?"

„Und wenn es mehr war als nur das?"

Laura wollte nicht, dass ihre Freunde irgendetwas davon **erfuhren**. So eine völlig verrückte Geschichte! Einfach **unglaublich**. Es sollte schnell wieder alles normal sein. Mit ihr, mit der Arbeit und natürlich auch mit Andreas.

„Komm, wir sehen uns den Gegenstand nochmal an. Auf jeden Fall ist Laura genau dort verschwunden", sagte Elsa schließlich.

„OK, **sehen** wir **nach**."

Laura lief los. Sie musste vor Elsa und Tarek dort sein. Sie **erkannte** die Bäume, obwohl es dunkel war. Aber da war nichts. Der Gegenstand war nicht da!

‚Der kann doch nicht einfach verschwinden! Wo ist er bloß? Irgendwo hier muss er doch sein!'

Laura blieb unsichtbar. Tarek und Elsa **kamen näher**. Sie hörte bereits ihre **Schritte**.

‚Ich muss ihn finden. Er war doch ziemlich hell. Dann müsste ich ihn doch hier bei den Bäumen auch sehen.'

Tarek und Elsa redeten weiter miteinander. Sie gingen an Laura vorbei.

„Das Ding muss hier in der Nähe sein, Elsa. Ich bin mir absolut sicher."

„Schau mal zwischen den Büschen nach."

„Ach ja, genau **da** hab ich **den Gegenstand hingeworfen**."

Und richtig, Tarek fand den Gegenstand in den Büschen. Er war nicht besonders hell, doch Laura konnte ihn sehen. Das war der Gegenstand, den sie angefasst hatte. Und genau das musste sie jetzt noch einmal tun. Aber wie? Sie wollte wieder sichtbar werden, aber nicht erzählen, was passiert war.

„Was meinst du, was das ist?", fragte Elsa.

„Keine Ahnung. Das Ding ist rund und metallisch. Aber ich weiß nicht, was man damit machen kann."

„Glaubst du, dass es etwas mit Lauras Verschwinden zu tun hat?"

„Wie denn? Das kann ich mir nicht vorstellen. Das wäre ja **Zauberei**!", sagte Tarek und lachte.

„Na gut, dann lass es da, wo es war."

Laura war beruhigt. Der Gegenstand lag wieder zwischen den Büschen. Tarek und Elsa mussten jetzt nur noch gehen! Sie wollte den Gegenstand anfassen. Sie musste es auf jeden Fall versuchen. Aber niemand sollte in der Nähe sein.

Tarek und Elsa gingen weg. Auch die anderen Leute waren weit weg. Es wurde still. Jetzt war der richtige Moment. Laura legte ihre Hand auf den Gegenstand. Sofort wurde der Gegenstand ganz hell. Laura **spürte** ein starkes **Kribbeln** in ihrem Körper. Der Gegenstand leuchtete wieder. Sie nahm ihn und steckte ihn in ihre Jacke.

Laura ging wieder zum Grillplatz. Hatte es funktioniert?

„Laura!" riefen alle.

„Laura! Da bist du ja! Wir haben uns Sorgen gemacht! Wo warst du denn?", fragten Tarek und Elsa.

„Ich war … Ich war …"

Laura war sich nicht mehr sicher, ob sie die Wahrheit doch erzählen sollte. Sie hatte **Zweifel**. Aber sie hatte ja den Gegenstand in der Tasche. Jetzt hatte sie also einen **Beweis**.

„Ich muss euch etwas Wichtiges und **zugleich** Unglaubliches erzählen."

„Laura!" rief wieder eine Stimme.

Laura brauchte einen Augenblick. Diese Stimme … Na klar, das war Andreas. Sie freute sich sehr.

Andreas rannte auf Laura zu. Er nahm sie in die Arme und küsste sie.

„Wo warst du denn? Wir haben uns solche Sorgen gemacht! **Wir dachten, dir wäre etwas Schlimmes passiert**."

„Ähm … Es ist ein bisschen kompliziert …"

Ein weiterer Mann lief auf die beiden zu.

„Frau Staufer! Endlich sind Sie wieder da!"

Es war Lauras Chef. Er war also auch gekommen und hatte sie gesucht. Auch er hatte sich Sorgen um sie gemacht! Sie erinnerte sich an die Projektunterlagen auf seinem Schreibtisch.

Inzwischen standen auch viele andere Leute um Laura herum. Sie hatte das Gefühl, ihnen jetzt alles erklären zu müssen. Sie **holte tief Luft** und sagte:

„Ihr wart alle sehr besorgt um mich. Danke, dass ihr nach mir gesucht habt. Ich möchte euch erklären, warum ich weg war. Es ist eine wirklich unglaubliche Geschichte. Einen Augenblick, bitte."

Laura zog ihre Jacke aus und warf sie auf den Boden.
Andreas sah sie an und fragte:

„Was machst du da, Schatz?"

„Ich möchte euch etwas zeigen."

Sie nahm den Gegenstand aus der Jacke.

„Das Ding kennen wir doch!", riefen Tarek und Elsa.

„Ja, und dieser seltsame Gegenstand ist der Grund für mein Verschwinden."

Laura hielt den Gegenstand in der Hand. Aber da war kein Kribbeln mehr. Und der Gegenstand war auch nicht mehr hell. Ganz **offensichtlich** war sie sichtbar für alle. Sie erkannte, dass sie ihre unglaubliche Geschichte nun doch nicht erzählen konnte. Ihre Familie, ihre Freunde, die Polizei ... alle würden sie **für verrückt halten**.

„Also ... Ich möchte euch sagen, dass mir vieles klar geworden ist, als ich verschwunden war. Ich weiß jetzt, was wirklich wichtig ist. Und ich bin sehr froh, dass ich wieder bei euch bin – obwohl ich nie wirklich weg war. Aber das ist eine besondere Geschichte, eine Geschichte für einen anderen Tag. Ich bin jetzt sehr müde und möchte gerne nach Hause gehen."

Andreas nahm Laura noch einmal in die Arme. Arm in Arm gingen sie zum Auto und fuhren nach Hause. Laura legte sich ins Bett und schlief sofort ein.

Als Laura und Andreas am nächsten Tag aufwachten, lächelten sie sich an.

„Alles wird gut, Liebling", sagte Laura zu ihrem Mann und nahm ihn in die Arme.

Anhang zu Kapitel 3

Zusammenfassung

Auf dem Grillplatz sind viele Leute: Freunde und Verwandte, Polizisten, ihr Mann Andreas, ihr Chef. Sie suchen Laura. Laura will den Gegenstand nochmal anfassen, damit sie wieder sichtbar wird. Auch Tarek und Elsa erinnern sich an den Gegenstand. Sie suchen ihn. Sie glauben, dass der Gegenstand der Grund für Lauras Verschwinden sein könnte. Als Laura den Gegenstand in die Hand nimmt, wird sie wieder sichtbar. Alle freuen sich, dass sie wieder da ist. Laura will erklären, warum sie verschwunden war. Aber der Gegenstand funktioniert plötzlich nicht mehr. Deshalb erzählt sie den anderen ihr unglaubliche Geschichte nicht. Sie fährt mit ihrem Mann nach Hause.

Vokabeln

der Busch shrub

das (Fluss-)Ufer (river) bank

auftauchen to turn up

Sie kann sich doch nicht in Luft auflösen! Surely, she can't vanish into thin air!

von etwas erfahren to learn about something

unglaublich unbelievable, incredible

nachsehen to check

etwas erkennen to recognize/discern something

näher kommen to come closer, approach

der Schritt step

etwas irgendwohin werfen to throw something somewhere

Glaubst du, dass es etwas mit Lauras Verschwinden zu tun hat? Do you think it has to do with Laura's disappearing?

Zauberei wizardry, magic trick

spüren to perceive, to feel

das Kribbeln prickle

der Zweifel doubt

der Beweis proof, evidence

zugleich at the same time

Er nahm sie in die Arme und küsste sie. He embraced and kissed her.

Wir dachten, dir wäre etwas Schlimmes passiert. We thought something bad might have happened to you.

inzwischen in the meantime

tief Luft holen to take a deep breath

offensichtlich obviously

jemanden für verrückt halten to consider somebody mad

Fragen im Auswahlverfahren

Wählen Sie nur eine Antwort pro Frage aus.

11) Auf dem Grillplatz hört sie ____ miteinander reden.
    a. ihren Chef und ihren Mann
    b. ihren Chef und Tarek
    c. ihren Mann und Elsa
    d. Tarek und Elsa

12) Tarek und Elsa wollen ____.
    a. nach Hause
    b. den seltsamen Gegenstand finden
    c. die Polizei anrufen
    d. endlich etwas essen

13) Laura findet den Gegenstand und fasst ihn noch einmal an. Daraufhin ____.
    a. wird sie wieder sichtbar
    b. bleibt sie unsichtbar
    c. ruft ihr Chef ihren Namen
    d. gehen Tarek und Elsa weg

14) Zunächst will Laura ____.
   a. ihre Geschichte nicht erzählen
   b. ihre Geschichte erzählen
   c. unsichtbar bleiben
   d. mit der Polizei sprechen

15) Am Ende funktioniert der Gegenstand ____.
   a. nicht mehr und Laura erzählt ihre Geschichte
   b. und Laura erzählt ihre Geschichte
   c. nicht mehr und Laura erzählt ihre Geschichte nicht
   d. nicht mehr und Laura erzählt eine andere Geschichte

Die Kapsel

Kapitel 1 – Zwei Imperien

Vor sehr vielen Jahren lebten die ersten Menschen auf anderen Planeten als der Erde. Denn das Leben auf der Erde war schwierig geworden. Die Menschen brauchten mehr Platz. Sie wollten frei sein.

Es herrschte Frieden. Die Menschen auf den Planeten arbeiteten gut zusammen. Sie waren eine **Gemeinschaft**. Jeder in der Gemeinschaft brauchte die anderen.

Doch dann änderte sich vieles: **Die Bevölkerung wuchs schnell**. Die Menschen brauchten immer mehr Essen und Wasser. Jetzt wollten sie alles für sich. Das machte Probleme.

Die Menschen **führten** überall **Krieg**. Es gab viele politische Interessen. Sie kämpften um Land, Macht und neue Waffen. Am Ende gab es zwei Imperien, das der „Erdlinge" und das der „Kalkianer". Es waren die größten Imperien, die es je gegeben hatte. Beide wollten alles für sich allein.

Die Erdlinge lebten auf der Erde. Die **Regierung** war in Berlin in Deutschland. Die Politiker regierten in einem großen weißen Palast. Der Palast war wie eine eigene Stadt. Dort diskutierten die Politiker über Politik, Recht, Wirtschaft, Energie und den Krieg.

Der mächtigste Mann der Erdlinge war Valior. Er war alt. Vor vielen Jahren hatte man ihn **zum Präsidenten gewählt**. Danach gab es keine Wahl mehr. Der Präsident hieß jetzt „Imperator". Wer etwas gegen den Imperator sagte, kam ins Gefängnis. Valior hatte viele Kriege geführt und fast immer **gesiegt**. Er war ein Mann, der alles tat, um zu siegen.

Eines Tages sprach Valior im Palast mit seinen Ministern. „Wir müssen mit dem Krieg aufhören", rief er. „Wir haben kein Geld mehr für den Krieg. Die Menschen haben nicht genug zu essen. Unsere Städte brauchen neue Straßen und Krankenhäuser. Immer mehr Erdlinge wissen nicht mehr, wo sie leben sollen. Wir müssen etwas tun!"

Einer der Minister wollte etwas sagen. Es war Aldin. Valior **vertraute ihm** am meisten. „Mein großer Imperator", sagte Aldin, „die Kalkianer hassen uns. Sie **greifen uns** immer wieder **an**. Wir müssen doch etwas dagegen tun. Wir können nicht nur herumsitzen und warten, bis die Kalkianer uns besiegt haben."

„Du hast recht. Deshalb habe ich auch schon einen Plan ..."

In diesem Moment wurde es vor der Tür sehr laut. Die Tür wurde geöffnet. Ein **Wächter** kam herein. Er hielt eine Frau am Arm fest. Sie rief: „Lassen Sie mich los! Ich habe wichtige Nachrichten für den Imperator. Sie tun mir weh!"

Valior wurde **wütend**. „Was ist denn da los?", rief er. „Wir haben eine wichtige Konferenz."

„Es tut mir leid, mein Imperator", sagte der Wächter. „Diese Frau möchte Sie sprechen. Sie sagt, dass es wichtig ist."

„Also gut, sprich, was hast du zu sagen?"

Jetzt hatte die Frau Angst. Sie hatte noch nie mit dem Imperator gesprochen. „Mein ... äh ... Großer Imperator, ich habe wichtige Nachrichten."

„Was für Nachrichten denn?", fragte der Imperator. Dann sah er die Frau wütend an. „Sprich endlich, Frau, wir haben keine Zeit!"

„Ich habe einen **Bauernhof**. Und da steht eine Kapsel auf meinem Hof, Imperator."

„Eine was?"

„Eine **Raumkapsel**. Ich glaube, das ist eine kalkianische Raumkapsel, Imperator."

„Wieso glaubst du, dass das eine kalkianische Raumkapsel ist?"

„Wegen der Geschichten meines Mannes. Er hat gegen die Kalkianer gekämpft. Er hat mir oft Geschichten vom Krieg erzählt."

Der Imperator und seine Minister wurden still. Schließlich fragte Aldin: „Ob das ein neuer **Angriff** ist? Greifen die Kalkianer uns schon wieder an?"

„Nein, nein", sagte die Frau. „In der Kapsel sind keine Waffen. Da ist etwas anderes drin."

„In der Kapsel drin?", fragte der Imperator. Er schaute seine Minister an. „Was soll denn da drin sein?"

„Genau weiß ich das nicht", antwortete die Frau. „Ich hatte zu viel Angst. Deshalb habe ich nicht genau nachgesehen."

Der Imperator sah seine Wächter an. Er sagte ihnen, sie müssten mit der Frau zu ihrem Bauernhof gehen, und zwar sofort.

Die Wächter stiegen mit der Frau in ein Auto ein. Aldin war auch dabei. Auf der Fahrt wollte Aldin mehr von der Frau wissen. Er fragte sie freundlich: „Wie heißen Sie?"

„Ich heiße Kira."

„Kira, das ist ein schöner Name. Und Sie leben mit ihrer Familie auf dem Bauernhof?"

„Nein, ich bin allein. Mein Mann ist tot. Der Krieg, wissen Sie?"

Aldin fühlte sich plötzlich nicht mehr wohl. Er wollte nicht über dieses Thema sprechen. „Wie sieht denn die Kapsel aus?"

„Am besten sehen Sie sich die Kapsel selbst an."

„Gut, so machen wir es."

Den Rest der Fahrt über blieben sie still.

Das Auto kam auf Kiras Hof an. Es war eine **seltsame** Szene. Die Wächter warteten im Auto. Aldin und Kira gingen zur Kapsel. Die Tür der Kapsel war **offen**. Aldin fragte Kira: „Haben Sie doch schon in die Kapsel geschaut?"

„Bitte entschuldigen Sie", sagte sie, „ich habe nicht die Wahrheit gesagt. Bevor ich sage, was in der Kapsel ist, muss noch jemand das da sehen."

„Das da? Was denn?"

„Schauen Sie selbst."

Aldin ging langsam auf die Kapsel zu. Zuerst konnte er nicht viel sehen. Es war ziemlich dunkel in der

Kapsel. Dann sah er es. In der Kapsel war ein kleines Mädchen.

„Ein Kind! Da ist ein Kind!", rief er und schaute Kira mit großen Augen an.

„Ja, genau. Ich wusste auch nicht, was ich machen sollte. Dann habe ich gedacht, ich sollte Hilfe holen. Aber dann war ich nicht mehr sicher ..."

„Das verstehe ich", sagte Aldin. „Das Mädchen ist **bewusstlos**. Ich glaube nicht, dass es verletzt ist. Ich sehe nirgendwo Blut. Aber wir wissen nicht, was mit ihm ist." Er lief zum Auto zurück. Er sagte den Wächtern, sie sollten wieder in die Stadt fahren. Und einen Arzt holen. Dann hob er das junge Mädchen aus der Kapsel heraus. Er trug es in Kiras Haus und legte es auf ein Bett.

Nach einer Stunde war das Mädchen immer noch bewusstlos. Es konnte immer noch nichts sagen. Aldin ging aus dem Zimmer. Kira folgte ihm.

„Sagen Sie mal", fragte Aldin, „wissen Sie noch mehr über die Kapsel?"

„Nein ... Aber sie ist doch kalkianisch, oder?", sagte sie langsam.

„Ja."

„Und das Kind?", fragte Kira.

„Das Kind auch. Es sieht kalkianisch aus. Mehr weiß ich nicht. Und einen Pass konnte ich nicht finden."

„Aber was macht das Mädchen hier? Warum haben sie uns ein kleines Mädchen geschickt?"

„Keine Ahnung", antwortete Aldin. „Wir müssen warten, bis das Mädchen etwas sagen kann."

„Ob das Mädchen wirklich mit der Kapsel **durchs All geflogen ist**?"

„Es scheint so. Wahrscheinlich ist sie mit einem größeren **Raumschiff** gekommen. Und die Kapsel war in diesem Raumschiff. Dann haben die Kalkianer die Kapsel mit dem Mädchen zur Erde geschickt."

Sie hörten das Auto wieder. Endlich war Hilfe da. Der Arzt kam ins Haus. Er wollte sich das Mädchen sofort ansehen. Aldin und Kira blieben zurück. Es war schon spät.

„Wollen wir zusammen etwas essen?", fragte Kira Aldin.

„Ja, sehr gerne. Vielen Dank."

„Haben Sie Kinder, Kira?", fragte Aldin beim Essen.

„Nein. Mein Mann und ich, wir wollten gern Kinder haben. Aber dann kam der Krieg …"

„Entschuldigen Sie bitte, dass ich Sie so etwas frage."

„Schon in Ordnung", sagte Kira. Sie sah **traurig** aus.

Nach dem Essen schaute Kira Aldin an und sagte: „Ich habe einen **Kuchen** gemacht. Möchten Sie ein Stück?"

„Ja gern!"

Aldin aß den Kuchen und sagte dann:

„Der Kuchen ist wirklich gut."

„Danke", sagte Kira.

Aldin aß weiter und sah sich um. Das Haus gefiel ihm. Es war einfach **eingerichtet**. Es war das Haus einer Frau, die allein lebte. Dann schaute er wieder Kira an. Sie sah ihm in die Augen.

„Wollten Sie mich etwas fragen, Kira?", fragte er.

„Ja."

„Dann raus damit. Sie können mich alles fragen."

„Was werden Sie mit dem kleinen Mädchen machen?"

Aldin dachte lange nach. Schließlich sagte er ihr ehrlich:

„Ich weiß es nicht. Wir wissen ja noch nicht einmal, warum sie hier ist."

Plötzlich öffnete der Arzt die Tür und sagte:

„Sie ist gerade eben **aufgewacht**! Das Mädchen kann jetzt reden!"

„Vielen Dank, Doktor!"

Anhang zu Kapitel 1

Zusammenfassung

Das Imperium der Erdlinge und das der Kalkianer führen Krieg gegeneinander. Valior, der Imperator der Erdlinge, trifft sich mit seinen Ministern. Sie werden von einer Frau, Kira, gestört. Kira sagt, dass auf ihrem Hof eine kalkianische Kapsel gelandet ist. Sie fährt mit Aldin, einem der Minister des Imperators, zu ihrem Bauernhof. Er will die Kapsel sehen. In der Kapsel findet er ein kleines Mädchen. Das Mädchen scheint zu schlafen. Er bringt das Mädchen ins Haus. Dort wacht es später auf.

Vokabeln

die Kapsel the (space) capsule

das Imperium empire

es herrscht Frieden there is peace

die Gemeinschaft community

Die Bevölkerung wuchs schnell. The population grew fast.

Krieg führen to wage war

die Regierung government

zum Präsidenten wählen to elect as president

siegen to win, capture victory

jemandem vertrauen to trust somebody

jemanden angreifen to attack somebody

der Wächter guard

wütend angry, enraged

der Bauernhof farm

die Raumkapsel space capsule

der Angriff attack

seltsam strange, odd

offen open

bewusstlos unconscious

durchs All fliegen to fly in space
das Raumschiff spaceship
traurig sad
der Kuchen cake
einrichten to furnish
aufwachen to wake up

Fragen im Auswahlverfahren

Wählen Sie nur eine Antwort pro Frage aus.

1) Es herrscht Krieg zwischen ____.
    a. Aldin und dem Imperator Valior
    b. den Erdlingen und Kiras Ehemann
    c. den Erdlingen und den Kalkianern
    d. Kira und dem Imperator Valior

2) Der Imperator trifft sich mit ____.
    a. Aldin und den Kalkianern
    b. seinen Ministern
    c. Kira und ihrem Ehemann
    d. dem kleinen Mädchen und Aldin

3) Kira erzählt dem Imperator, dass ____.
    a. ein kleines Mädchen in ihrem Haus ist
    b. auf ihrem Hof eine Kapsel gelandet ist
    c. ihr Mann im Krieg gestorben ist
    d. Aldin zu ihr nach Hause kommen muss

4) Das Mädchen ____.
    a. erzählt Aldin etwas von ihrer Welt
    b. will nicht reden
    c. weint sehr viel
    d. kann nicht sprechen, weil es bewusstlos ist

5) Kira bietet Aldin _____ an.

    a. ein kühles Getränk

    b. Kaffee

    c. Tee

    d. Kuchen

Kapitel 2 – Das Mädchen

Das Mädchen war also jetzt wach. Jemand musste mit ihm sprechen. Aldin war ein Minister des Imperators. Also **war es seine Aufgabe**, das zu tun. Langsam **betrat** er das Schlafzimmer. Kira war bei ihm. Die beiden setzten sich auf das Bett.

Das Mädchen schaute sie etwas ängstlich an. Es fragte: „Wo bin ich?"

Dann schaute das Mädchen sich weiter um. Es sah die Wächter und bekam große Angst. Es fing an zu **schreien** und wollte aus dem Zimmer laufen.

„Bleib ruhig, du bist in Sicherheit", sagte Kira zu dem Mädchen.

Aber es schrie und **weinte**. Die Wächter hielten das Mädchen fest. Einer von ihnen setzte es langsam zurück auf das Bett. Das Mädchen hörte auf zu weinen.

„Wer bist du?", fragte das Mädchen Aldin.

„He … Hallo", sagte Aldin. „Ich heiße Aldin. Wir sind Erdlinge."

Der Arzt **untersuchte** das Kind. Er konnte nichts finden, alles schien in Ordnung zu sein. Das Mädchen war nicht krank, es war nur **müde**. Es war etwa 13 Jahre alt. Der Arzt gab dem Mädchen ein **Medikament** zum Schlafen. Dann erklärte er Aldin und Kira, was sie für das Mädchen tun sollten und ging.

Aldin und Kira blieben im Zimmer des Mädchens. Nach ein paar Stunden wachte das Mädchen wieder auf. Aldin fragte: „Wie geht es dir?"

„Mir geht es gut", antwortete das Mädchen. Aber es schien ihm und Kira nicht zu trauen.

„Keine Angst, wir **tun dir nichts**", sagte Aldin mit ruhiger Stimme.

Das Mädchen hatte trotzdem immer noch Angst. Es sagte nichts mehr.

Nun versuchte Kira, mit dem Mädchen zu sprechen. „Kannst du mir sagen, wie du heißt?"

„Ich heiße Maha."

„Es ist alles in Ordnung, Maha. Mein Name ist Kira. Du bist in meinem Haus. Du warst bewusstlos. Wir haben uns um dich gekümmert."

„Bin ich in Berlin?", fragte Maha.

„Nein, das nicht, aber bis Berlin ist es nicht weit", antwortete Aldin.

Maha schaute aus dem **Fenster**. Es war spät. Sie konnte nicht viel sehen. Da draußen waren nur ein paar Bäume und **Felder**.

„Das sieht hier nicht aus wie eine Stadt", meinte sie.

„Wie ich schon sagte, wir sind **in der Nähe**", erklärte Aldin ihr. „Der Imperator ist auch nicht sehr weit weg von hier."

Als das Mädchen das Wort ‚Imperator' hörte, bekam es wieder Angst.

„Ich will nicht nach Hause zurück!", rief Maha.

Aldin und Kira fanden das seltsam. Warum wollte das Kind nicht nach Hause zurück? Warum sagte es das gerade jetzt?

„Warum willst du denn nicht nach Hause?"

„Ich mag die Kalkianer nicht mehr."

„Du magst die Kalkianer nicht mehr? Wie kommt denn das?", fragte Aldin.

Erdlinge wussten nicht sehr viel über Kalkianer. Sie wussten nicht, was sie aßen oder wie sie lebten. Nur mit den Waffen der Kalkianer kannten sie sich gut aus.

„Was meinst du damit?", fragte Aldin noch einmal.

„Mir gefällt es nicht mehr in Kalkia. Ich will dort nicht mehr leben."

„Warum sagst du das? Was ist denn passiert?"

„Na ja, meine Eltern sind nie zu Hause."

„Aha, und?"

„Für die bin ich Luft. Sie haben keine Zeit für mich. Sie kümmern sich nicht um mich."

„Also, deine Eltern ignorieren dich?", sagte Aldin.

„Ja, das ist schon sehr lange so."

„Und weil du dich allein fühlst, bist du auf die Erde gekommen?", fragte Kira.

„Ja. Mein Vater ist nie da. Er arbeitet die ganze Zeit. Und meine Mutter auch nicht. Sie ist immer **unterwegs**. Und ich muss dann mit meinen **Betreuern** zu Hause bleiben."

„Und wer sind diese Betreuer?"

„Sie arbeiten für meinen Vater. Er bezahlt sie, damit sie sich um mich kümmern. Aber ich mag sie nicht und will nicht mehr mit ihnen zusammen sein."

Aldin verstand langsam. Das Mädchen war **von zu Hause weggelaufen**.

„Einen Moment, Maha. Damit ich dich richtig verstehe: Bist du von zu Hause weggelaufen? Stimmt das?"

Maha sah nach unten. Sie schien **verlegen** zu sein. „Ja."

Aldin stand auf. Er schaute auf das Mädchen herab.

„Einen Augenblick bitte. Ich muss mal nach draußen gehen."

Er ging vor die Tür. Er **brauchte frische Luft**. Kira ging mit ihm.

Er stand nur da und dachte nach. Etwas schien ihn zu beunruhigen.

„Was denken Sie, Aldin?", fragte Kira.

„Wollen wir nicht ‚du' sagen?"

„Ja, gerne. Also, Aldin, was denkst du?"

„Hier stimmt etwas nicht."

„Warum glaubst du das?"

„Maha ist von zu Hause fortgelaufen. Aber sie muss mit einem Raumschiff gekommen sein. Jemand muss sie bis zur Erde gebracht haben. Sie ist erst 13."

„Ich verstehe, du glaubst, jemand hat ihr geholfen."

„Genau, aber wer?"

„Das werden wir schon noch herausfinden. Komm, lass uns wieder reingehen."

Sie gingen wieder ins Haus und betraten das Schlafzimmer.

„Hallo", sagte Maha.

„Ja, hallo", sagte Aldin und lächelte sie an.

Maha schaute Aldin direkt in die Augen.

„Ich will nicht nach Hause. Darf ich hierbleiben?"

„Ich verstehe immer noch nicht, warum du nicht zurück nach Kalkia willst."

„Das hab ich doch schon gesagt! Weil meine Eltern keine Zeit für mich haben und ich meine Betreuer nicht mag."

„Das glaube ich dir nicht", sagte Aldin ruhig.

„Wieso nicht? Das stimmt aber."

„Mag sein. Aber das ist nicht alles. Da muss es noch etwas geben."

Maha seufzte.

„Ja, stimmt, da ist noch etwas."

„Dachte ich es mir doch."

„Wir Kalkianer verlieren den Krieg. Millionen von Menschen haben kaum noch etwas zu essen. Viele sind krank. Die Häuser sind kaputt. Wir Kalkianer haben Angst, dass wir bald alle sterben müssen. Es ist die Hölle."

Aldin setzte sich neben Maha aufs Bett. Er schaute sie an.

„Also, du kannst erstmal hierbleiben", sagte er. „Aber dir muss klar sein, dass die Kalkianer und die Erdlinge Krieg gegeneinander führen. Wir sind **Feinde**, die sich gegenseitig umbringen."

„Das weiß ich doch", sagte Maha, „ich bin doch kein Baby! Ich bin 13!"

Aldin und Kira lachten.

„Entschuldige, das hätten wir fast vergessen."

Dann wurde Aldin wieder sehr ernst.

„Aber deine Aktion könnte große Probleme machen, sowohl national wie auch international."

„Ja", meinte Maha und wurde wieder traurig, „aber die Kalkianer wissen ja nicht, wo ich bin! Eigentlich muss ich nur ein paar Tage warten. Dann kann ich woanders hingehen."

Kira schaute Aldin fragend an. Er verstand. Sie mussten jetzt **herausfinden**, wie das Kind hierhergekommen war.

„Maha, wir müssen noch etwas wissen", begann er langsam.

„Was denn?"

„Du bist nicht allein hierhergekommen. Du bist zu jung, um ohne Hilfe durch das All zu fliegen."

Maha schaute auf. Dann sagte sie ruhig.

„Sie haben recht, ich kann kein Raumschiff fliegen."

„Und wer hat dir dann geholfen?"

„Das kann ich nicht sagen."

Aldin war ein **geduldiger** Mensch.

„Maha, wir müssen das wissen. Sonst können wir dir nicht helfen."

Maha blieb eine Minute still. Dann seufzte sie und fing an zu reden.

„Es war ... Es war ..."

„Mach dir keine Sorgen. Du bist sicher", sagte Kira ruhig.

Maha schaute die beiden an. Dann sagte sie:

„Also gut. Es war Valior, euer Imperator. Er hat mir geholfen."

Aldin stand schnell vom Bett auf. Er schaute Maha besorgt an. Dann sah er Kira an. Auch die Wächter konnten nicht glauben, was sie da gehört hatten.

„Valior?!", rief Aldin. „Das kann nicht sein!"

Maha schaute wieder nach unten.

„Doch, so war es. Ich habe vor einigen Wochen eine Nachricht von Valior erhalten. Er sagte, er wüsste, dass ich weglaufen wollte. Er wollte mir helfen. Er **befahl** seinen **Spionen**, mich zu finden."

„Spione?"

„Ja, es gibt viele Erdlingsspione auf Kalkia."

Aldin ging hin und her. Er **schüttelte den Kopf**.

„Das darf doch nicht wahr sein", seufzte er.

Nach einer kleinen Pause meinte Maha:

„Na ja, also da gibt es noch mehr. Ich muss Ihnen noch etwas sagen."

Aldin blieb stehen. Der Imperator hatte also einem kalkianischen Kind geholfen. Er konnte einfach nicht verstehen, warum. Was konnte es sonst noch geben?

„Und was gibt es sonst noch?"

Maha schaute wieder nach unten. Es wurde ganz still. Dann sagte sie leise:

„Mein Vater."

„Was ist mit deinem Vater?"

„Mein Vater ist der Imperator der Kalkianer."

Anhang zu Kapitel 2

Zusammenfassung

Das kleine Mädchen aus der Kapsel ist aufgewacht. Ein Arzt untersucht das Mädchen. Er sagt, dass es ihm gut geht. Das Mädchen heißt Maha. Maha ist Kalkianerin und 13 Jahre alt. Sie erzählt, dass sie wegen ihrer Eltern von zu Hause weggelaufen ist. Sie sagt auch, dass es den Kalkianern sehr schlecht geht. Sie haben wenig zu essen und viele Häuser sind kaputt. Aldin fragt Maha, wie sie auf die Erde gekommen ist. Sie antwortet, dass der Imperator Valior ihr geholfen hat und dass ihr Vater der Imperator der Kalkianer ist.

Vokabeln

etwas ist jemandes Aufgabe it is somebody's job/duty
betreten to enter
schreien to shout, to yell
weinen to cry
jemanden untersuchen to examine somebody
müde tired
das Medikament medicine
jemandem nichts tun to not harm somebody
das Fenster window
das Feld field
in der Nähe near, nearby
für jemanden Luft sein as if he/she didn't exist
unterwegs on the way
der Betreuer carer
von zu Hause weglaufen to run away from home
verlegen sein to be embarrassed
frische Luft brauchen to need some fresh air
seufzen to sigh

der Feind enemy
etwas herausfinden to find out something, to discover
geduldig patient
befehlen to order
der Spion spy
den Kopf schütteln to shake one's head

Fragen im Auswahlverfahren

Wählen Sie nur eine Antwort pro Frage aus.

6) Zuerst ____.
   a. redet Maha nur mit dem Arzt
   b. ist Maha sehr ängstlich
   c. redet Maha nur mit den Wächtern
   d. will Maha mit ihrem Vater sprechen

7) Maha erklärt, dass sie ____.
   a. von zu Hause weggelaufen ist
   b. weggeschickt worden ist
   c. sich nicht erinnern kann, wie sie auf die Erde gekommen ist
   d. nicht weiß, wo ihr Zuhause ist

8) Maha erzählt auch, dass ____.
   a. sie ihre Eltern sehr gern hat
   b. sie ihre Eltern nicht kennt
   c. sie viel Spaß mit ihren Betreuern hat
   d. ihre Eltern keine Zeit für sie haben

9) Aldin fragt Maha, wer ihr geholfen hat. Sie antwortet, dass _____.

   a. der kalkianische Imperator ihr geholfen hat
   b. Valior persönlich zu ihr gekommen ist
   c. von Valior beauftragte Erdlingspione ihr geholfen haben
   d. sie alles allein gemacht hat

10) Was ist das größte Problem mit Maha?

   a. Sie hat die ganze Zeit Angst und redet nicht.
   b. Sie ist die Tochter des kalkianischen Imperators.
   c. Sie ist ein kalkianischer Spion.
   d. Sie will nur mit ihrer eigenen Raumkapsel nach Hause zurück.

Kapitel 3 – Die Wahrheit

Aldin schaute das Mädchen nur an. Er konnte es nicht glauben. Diese Maha war die Tochter des kalkianischen Imperators! Sie konnte für viel Chaos in der Welt sorgen. Noch mehr Kämpfe! Und all das nur, weil sie sich allein fühlte? Weil sie dachte, dass der Imperator der Erdlinge ihre Probleme besser verstehen könne? Was hatte sie nur getan?

Dann wurde Aldin etwas klar. Etwas sehr Wichtiges. Was passiert war, lag nicht in der **Verantwortung** des Mädchens. Maha wusste nicht, was sie getan hatte. Sie wusste nur, dass sie traurig war. Und dass ein Mann ihr geholfen hatte. Und dieser Mann hieß Valior. Er war das Problem. Der Imperator! Er ganz allein! Was hatte er sich nur gedacht? Wollte er etwa versuchen, damit den Krieg zu intensivieren? Um dann auch in diesem letzten Krieg zu siegen? Das musste Aldin herausfinden.

Aldin verließ Kiras Haus. Er stieg in das Auto und fuhr ins Zentrum. Dort ging er zum großen Palast. Er musste sofort mit dem Imperator sprechen. Auf dem Weg zu dessen Büro wurde er von zwei Wächtern festgehalten.

„Halt. Bleiben Sie stehen. Sie dürfen nicht zum Imperator!", sagte einer der Wächter.

Aldin konnte es nicht glauben. Was war denn hier los? Wütend sagte er:

„Ich darf nicht zum Imperator? Ich bin sein Minister! Wisst ihr nicht, wer ich bin?"

„Das hat der Imperator so befohlen."

Aldin fragte sich, was er tun sollte. Er musste einfach mit Valior sprechen. Aber der Imperator schien nicht mit ihm reden zu wollen. Valior sagte immer, dass Aldin sehr **klug** sei. Aber er sagte auch immer, dass Aldin nicht sehr stark sei. Es war höchste Zeit, dass Aldin ihm zeigte, wie stark er wirklich war.

Aldin griff nach der Waffe des einen Wächters. Damit **schlug** er ihm auf den Kopf. Der Wächter fiel zu Boden. Schnell betrat Aldin Valiors Büro. Der Imperator saß an einem Tisch. Der andere Wächter wollte Aldin **festnehmen**. Aber der Imperator sagte:

„Das reicht. Lass Aldin reden."

Der Wächter blieb stehen. Er traute Aldin nicht.

„Du hast mich doch gehört!", schrie Valior ihn an. „Raus aus meinem Büro!"

Der Wächter ging. Im Büro wurde es still. Es war ein sehr großes, schönes Büro. Es war ganz oben im Palast. Von hier hatte man einen guten Blick über die Stadt. Es war jetzt früher Morgen. Der Imperator sah aus, als hätte er nicht geschlafen.

„Also, was willst du, Aldin?", seufzte er.

„Warum wusste ich nichts von dem Kind?"

„Von welchem Kind?"

„Imperator, ich bin nicht **dumm**."

Valior seufzte noch einmal.

„Na gut, die Wahrheit. Was willst du wissen?"

„Warum ist die Tochter des kalkianischen Imperators

hier auf der Erde? Seit wann brauchen wir Kinder, um unsere Feinde zu besiegen? Ist das unsere neue Strategie?"

Valior wurde wütend. Er schrie:

„Es ist aber auch nicht unsere Strategie, Kriege zu verlieren!"

Aldin blieb ruhig und fragte zurück:

„Warum wusste ich nichts davon?"

„Ich habe dir das aus einem einzigen Grund nicht gesagt."

„Und der wäre?"

„Du hättest das bestimmt nicht akzeptiert."

Nein, das hätte Aldin wohl nicht. Weil es einfach nicht richtig war.

„Was werden Sie jetzt machen?", fragte er besorgt.

„Mit Maha? Wir werden ihr nichts tun! Sie ist doch nur ein Kind", antwortete der Imperator.

Aldin traute ihm nicht.

„Das meinte ich nicht", sagte er. „Was wird jetzt passieren? Wenn die Kalkianer herausfinden, dass Maha hier ist? Werden sie uns angreifen?"

„Gute Frage", sagte der Imperator ruhig.

Aldin schaute den Imperator an. Er wusste, dass es auf diese Frage keine einfache Antwort gab.

Der Imperator redete weiter:

„Die Kalkianer wissen, dass Maha weggelaufen ist. Und sie wissen, dass sie mit einem Raumschiff unterwegs ist. Aber sie wissen nicht, wo ihr Raumschiff ist. Und auch nicht, dass Erdlingsspione ihr geholfen haben. Du siehst also, dass die Kalkianer kaum etwas wissen."

Valior sah Aldin lange an. Was dachte Aldin jetzt, was ging in ihm vor?

„Und wenn die Kalkianer herausfinden, dass Sie Maha geholfen haben, Imperator?"

„Wie denn? Das können sie doch gar nicht herausfinden. Die Spione werden ihnen das nicht sagen. Niemand sonst weiß es ... außer uns beiden."

Aldin dachte nach.

„Aber warum?", fragte er dann. Was war der wirkliche Grund?

„Warum nehmen wir Eltern ihr Kind weg? Ich verstehe das nicht."

„Warum sind kluge Menschen manchmal so **blind**? Das ist doch ganz einfach: Wir haben jetzt die Tochter des Imperators von Kalkia. Sie ist bei uns, auf unserem Planeten. Dadurch haben wir eine viel bessere Position bei unseren **Verhandlungen** mit den Kalkianern."

Valior wartete auf eine Reaktion von Aldin. Aber da kam nichts.

„Hast du das jetzt verstanden? Wir können den kalkianischen Imperator **erpressen**, und er kann nichts machen. Und das nur, weil dieses dumme kleine Mädchen sich allein fühlte."

Valior lachte laut.

‚Was für ein teuflischer Plan', dachte Aldin. Da saß er nun in einem Büro mit einem Mann, der immer nur siegen wollte. Mit einem Mann, der keine **Skrupel** kannte. Mit einem Mann, dem er bisher immer vertraut hatte ... Aldin fühlte nichts als **Verachtung**. Aber er durfte jetzt keinen Fehler machen.

Aldin lächelte und sagte:

„Ich verstehe das ganz genau, Imperator. Wie Sie wünschen."

Er **drehte sich um** und verließ das Büro des Imperators. Was er gerade gehört hatte, gefiel ihm nicht. Aber das durfte er nicht zeigen. Wenn der Imperator glaubte, dass Aldin gegen ihn war, wäre das sein sicherer Tod. Es gab nur eine Person, die Aldin helfen konnte. Eine Person, die ihn verstand. Und mit ihr musste er jetzt reden.

Aldin setzte sich ins Auto und fuhr los. Er fuhr so schnell er konnte zu Kiras Hof. Er klopfte an ihre Tür.
„Kira? Bist du da?"
Kira machte die Tür auf.
„Hallo Aldin", sagte sie. „Da bist du ja wieder. Was kann ich für dich tun?"
„Ist das Mädchen noch da?", frage Aldin.
„Ja, warum? Sie ist immer noch hier."
„Das ist gut, ich dachte schon ..."
„Aber ein Auto ist unterwegs, um Maha abzuholen."
„Oh, dann haben wir weniger Zeit, als ich hoffte. Wir müssen **uns beeilen**. Bitte bring mich zu ihr, Kira."

Sie betraten das Schlafzimmer. Aldin schaute das Mädchen an. Maha lag ganz ruhig im Bett und schlief.
„Wir müssen gehen", sagte Aldin.
„Gehen? Wohin denn?", fragte Kira.
Aldin schaute sich um. Außer ihnen war niemand da.
„Wo sind die Wächter?"
„Sie essen gerade etwas."

„Gut", sagte Aldin, „dann ist das jetzt unsere Chance, Kira."

Sie schaute ihn fragend an.

„Unsere Chance wozu?"

„Um Maha wegzubringen."

Kira sah sich im Zimmer um. Dann setzte sie sich. Sie schaute Maha an. Das Mädchen **machte** zum ersten Mal **einen entspannten Eindruck**.

„Du willst Maha also von hier wegbringen?"

„Ja, ich will sie sogar von unserem Planten wegbringen."

„Was?", fragte Kira. „Warum denn das?"

„Maha ist völlig **verwirrt**. Sie ist ein verwirrtes kleines Mädchen. Unser Imperator Valior hat sie hierherbringen lassen. Er will den kalkianischen Imperator mit seiner Tochter erpressen."

Aldin erzählte Kira alles. Kira konnte es einfach nicht glauben.

„Verstehst du nun?", fragte Aldin. „Ich will nicht, dass Maha etwas passiert. Deshalb müssen wir sie nach Hause bringen."

„Wir?"

„Ja, wir. Das kann ich nicht alleine, Kira. Ich brauche deine Hilfe. Maha muss zurück nach Kalkia, so schnell wie möglich."

Kira dachte einen Moment nach. Sie schaute auf das kleine Mädchen. Dann schaute sie aus dem Fenster.

„Also gut. Was habe ich schon zu verlieren?"

Maha wachte auf. Zwei Minuten später saßen die drei im Auto. Aldin fuhr mehrere Stunden **ohne Pause**.

Sie mussten schnell zur nächsten **Raumstation**. Sie lag weit von Berlin entfernt. Unterwegs schlief Maha wieder. Als sie an der Raumstation ankamen, sprach Aldin zuerst mit einem der Wächter. Er kannte Aldin. Aldin sagte ihm, dass er für Valior auf einer wichtigen geheimen Mission sei. Der Wächter **versprach**, dass er zu niemandem etwas sagen würde. Dann trugen Kira und Aldin Maha ins Raumschiff. Sie konnten die Raumstation ohne Probleme verlassen.

Maha wachte auf, als das Raumschiff **abhob**. Sie verstand sofort, was los war. Sie wurde sehr traurig, aber sie konnte nichts tun. Aldin wusste, dass es richtig war, was er tat. Aber Maha tat ihm trotzdem leid.

Sie waren mehrere Tage im All unterwegs. Jetzt war es nicht mehr weit bis Kalkia. Aldin **nahm** mit Kalkia **Kontakt auf**.

„Hier ist das Erdlingsschiff 12913. Ich bin Minister Aldin von den Erdlingen. Ich muss mit dem kalkianischen Imperator sprechen."

„Hier spricht General Orionos. Niemand kann so einfach mit dem kalkianischen Imperator sprechen. Was ist Ihre Mission?", fragte eine Stimme.

„Wir haben seine Tochter bei uns."

„Halten Sie sofort an und bleiben Sie, wo Sie sind. Warten Sie, bis wir wieder Kontakt zu Ihnen aufnehmen."

Nach wenigen Minuten sah Aldin auf seinem Monitor mehrere kalkianische Raumschiffe in der Nähe. Dann nahmen die Kalkianer wieder Kontakt auf. General Orionos sagte:

„**Übergeben** Sie uns sofort Maha. Oder wir greifen an und Sie werden sterben."

„Sie werden uns nicht angreifen", sagte Aldin ruhig. „Denn dann könnte auch Maha sterben. Ist das klar? Und jetzt noch einmal: Ich möchte mit Ihrem Imperator sprechen, und zwar sofort."

Es wurde wieder still.

Dann nahm eine andere, sehr dunkle Stimme Kontakt auf.

„Hier spricht der kalkianische Imperator. Übergebt mir meine Tochter. Dann werdet auch ihr leben und dürft auf die Erde zurückkehren."

„Imperator, es geht Maha gut. Wir werden ihr nichts tun. Wir übergeben sie aber nur unter einer **Bedingung**."

„Und die wäre?"

„Wir wollen Frieden. Zwischen der Erde und Kalkia soll endlich Frieden herrschen."

Ein paar Sekunden lang reagierte der Imperator nicht. Dann fragte er wütend:

„Warum sollte ich dir trauen, dem größten Feind von Kalkia? Warum solltest gerade du uns Frieden bringen?"

„Weil ich Ihnen Ihre Tochter zurückgebracht habe. Warum hätte ich das tun sollen? Weil ich ganz genau weiß, dass Kalkia kein Geld mehr für den Krieg hat. Und wir Erdlinge auch nicht. Großer Imperator, denken Sie an das Leid, das der Krieg uns allen gebracht hat. Kalkia und die Erde sind am Ende. Das hat alles keinen Sinn mehr. Wir müssen neu anfangen, ohne Krieg, Hunger und Leid."

Es wurde still. Der Imperator dachte lange nach. Und dann hörten Aldin, Kira und Maha, wie der Imperator seufzte und sagte:

„Du hast recht, Aldin. Ich bin **einverstanden**. Wir machen es so. Ich will meine Tochter zurück. Übergebt sie uns. Und ich verspreche, dass wir Kalkianer dann Frieden halten werden."

Anhang zu Kapitel 3

Zusammenfassung

Aldin fährt zum Palast zurück. Er spricht mit dem Imperator Valior. Valior erklärt Aldin, dass er den kalkianischen Imperator mit Maha erpressen will. Aldin ist gegen diesen Plan. Er kehrt auf Kiras Hof zurück. Er fährt mit ihr und Maha zu einem Raumschiff. Sie reisen nach Kalkia. Aldin spricht mit dem kalkianischen Imperator. Er sagt ihm, dass er seine Tochter nur zurückbekommt, wenn er Frieden hält. Der Imperator ist einverstanden. Endlich ist der Krieg zwischen der Erde und Kalkia zu Ende.

Vokabeln

die Verantwortung responsibility
klug clever
schlagen to hit
jemanden festnehmen to arrest somebody
dumm stupid
blind blind
die Verhandlung negotiation
jemanden erpressen to blackmail somebody
die Skrupel (Pl.) qualms
die Verachtung contempt
sich umdrehen to turn round
sich beeilen to hurry
einen entspannten Eindruck machen to appear relaxed
verwirrt confused
ohne Pause without a break
die Raumstation space station
jemandem etwas versprechen to promise somebody something
abheben to take off

mit jemandem Kontakt aufnehmen to contact somebody

übergeben to hand over

die Bedingung condition

einverstanden okay, agreed

Fragen im Auswahlverfahren

Wählen Sie nur eine Antwort pro Frage aus.

11) Nachdem er den Hof verlassen hat, fährt Aldin ____.
    a. zu einem Restaurant
    b. zur Kapsel
    c. zum Palast
    d. nach Hause

12) Aldin wird klar, dass der Imperator Valior ____.
    a. nicht ehrlich ist
    b. unbedingt Frieden will
    c. immer die Wahrheit sagt
    d. ein Freund des kalkianischen Imperators ist

13) Aldin will ____.
    a. das Kind nach Kalkia zurückbringen
    b. bei Maha und Kira bleiben
    c. das Kind allein zurückschicken
    d. nichts tun

14) Maha will ____.
    a. schnell wieder nach Hause gehen
    b. auf der Erde bleiben
    c. mit ihrem Vater sprechen
    d. auf Kiras Hof leben

15) Als Aldin mit dem kalkianischen Imperator spricht, bittet
er um ____.
a. Geld
b. Frieden
c. ein neues Raumschiff
d. die Möglichkeit, auf Kalkia zu bleiben

Lösungsschlüssel

Die verrückte Currywurst: *Kapitel 1:* 1. a, 2. b, 3. d, 4. c, 5. b; *Kapitel 2:* 6. d, 7. b, 8. b, 9. a, 10. c; *Kapitel 3:* 11. b, 12. c, 13. d, 14. d, 15. b; *Kapitel 4:* 16. c, 17. d, 18. a, 19. c, 20. a

Das Wesen: *Kapitel 1:* 1. b, 2. a, 3. d, 4. a, 5. b; *Kapitel 2:* 6. b, 7. d, 8. c, 9. a, 10. b; *Kapitel 3:* 11. c, 12. a, 13. d, 14. a, 15. c

Der Ritter: *Kapitel 1:* 1. b, 2. b, 3. d, 4. c, 5. b; *Kapitel 2:* 6. a, 7. a, 8. c, 9. c, 10. d; *Kapitel 3:* 11. c, 12. b, 13. c, 14. c, 15. a

Die Uhr: *Kapitel 1:* 1. a, 2. d, 3. c, 4. c, 5. b; *Kapitel 2:* 6. b, 7. b, 8. c, 9. a, 10. b; *Kapitel 3:* 11. c, 12. b, 13. b, 14. d, 15. b

Die Truhe: *Kapitel 1:* 1. c, 2. a, 3. b, 4. d, 5. c; *Kapitel 2:* 6. a, 7. d, 8. b, 9. a, 10. c; *Kapitel 3:* 11. b, 12. c, 13. d, 14. a, 15. b

Unbekannte Länder: *Kapitel 1:* 1. b, 2. a, 3. c, 4. d, 5. d; *Kapitel 2:* 6. c, 7. b, 8. c, 9. a, 10. a; *Kapitel 3:* 11. c, 12. c, 13. d, 14. c, 15. a

Laura, die Unsichtbare: *Kapitel 1:* 1. b, 2. a, 3. c, 4. c, 5. c; *Kapitel 2:* 6. a, 7. a, 8. c, 9. c, 10. a; *Kapitel 3:* 11. d, 12. b, 13. a, 14. a, 15. c

Die Kapsel: *Kapitel 1:* 1. c, 2. b, 3. b, 4. d, 5. d; *Kapitel 2:* 6. b, 7. a, 8. d, 9. c, 10. b; *Kapitel 3:* 11. c, 12. a, 13. a, 14. b, 15. b

German-English Glossary

A

der Abdruck footprint

das Abendessen dinner

das Abenteuer adventure

abheben to take off

abladen to unload

abnehmen to answer the phone

adoptiert sein to be adopted

ähnlich similar

der Akku battery (in cell phones)

Alle mal herhören! Listen everybody!

alles Notwendige everything you need

am Strand anlegen to land on the beach

der Anführer leader

angreifen to attack

der Angriff attack

Angst bekommen to become scared

anhalten to stop

anknipsen to switch on

annehmen to accept

der Ast branch

auf jemanden hören to listen to somebody

auf keinen Fall by no means, under no circumstances

aufbewahren to keep, store

auffallen to attract attention

aufstehen to get up

auftauchen to turn up

aufwachen to wake up

der Ausflug excursion

ausgeschaltet switched off

ausruhen to rest, relax

der Austauschstudent exchange student

B

baden to bathe
der Bahnhof (train) station
die Bank bench
der Bart beard
der Bauer farmer
der Bauernhof farm
die Bedingung condition
befehlen to order
begleiten to accompany
behaart furry, hairy
bekannt well-known, popular
beliebt popular
der Berg mountain
berühmt famous
berühren to touch
beschädigen to damage
beschäftigt busy
Bescheid geben to tell or let
someone know
Bescheid wissen to be in the
know
beschließen to decide
besessen sein von etwas to
be obsessed with something
besiegen to defeat, beat
besonders particularly
besorgt concerned, worried
betreten to enter
der Betreuer carer
bevorstehen to be in store
bewachen to guard
bewahren to keep
der Beweis proof, evidence

bewusstlos unconscious
billig cheap
blättern to flick, to leaf through
blind blind
breit wide
der Brief letter
brüllen to roar, shout
das Bündel Geldscheine
wad of bills
die Burg castle
der Busch shrub
das Butterbrot sandwich

D

dämmrig dim
**Das darf doch nicht wahr
sein!** It simply isn't true!
das kommt nicht in Frage
no way, out of the question
den Aufzug nehmen to take
the lift
den Bau leiten to manage
construction works
den Kopf schütteln to shake
one's head
den Mund halten to shut up
den Schlüssel herausholen
to get out the key
dicht dense
**Die Bevölkerung wuchs
schnell.** The population
grew fast.
die Stimmung war sehr gut
morale was very high
der Donner thunder

das Dorf village

die Dorfangelegenheiten village matters

der Dorfbewohner villager

dritte Etage third floor

Du hast es geschafft! You made it!

dumm stupid

dunkel dark

durchs All fliegen to fly in space

duzen to address somebody with 'du'

E

echt real

ein schlechtes Gewissen haben to have a bad conscience

eine Entscheidung treffen to take (make) a decision

eine Firma gründen to found a company

eine Gehaltserhöhung verlangen to demand a raise

eine Lösung finden to find a solution

eine Nummer wählen to dial a number

einen entspannten Eindruck machen to appear relaxed

einfallen to come to mind, to realize

der Eingang entrance

eingerichtet furnished, done up

eingreifen to join in, to intervene

einholen to catch up with somebody

die Einladung invitation

einrichten to furnish

einschlafen to fall asleep

einschlagen to hit

einsetzen to begin

einverstanden okay, agreed

der Elektriker electrician

der Empfang network coverage

das Energiegetränk energy drink

die Entscheidung decision

Er kannte sich sehr gut mit Schiffen aus. He knew a lot about ships.

Er nahm sie in die Arme und küsste sie. He embraced and kissed her.

erfahren to learn

die Erholungspause break

die Erkundung exploration

erlegen to kill an animal

erlöschen to go out

die Erschöpfung exhaustion

es dauert nicht lange it won't be long

es herrscht Frieden there is peace

**es kommt mir (alles)
spanisch vor** I think there is
something wrong

es läuft richtig gut it works
out really well

die Etage floor (in a building)

etwas anfassen to touch
something

etwas einstecken to pocket

etwas erfüllen to fulfil
something

etwas erkennen to
recognize, discern something

etwas herausfinden to find
out something, to discover

etwas irgendwohin werfen
to throw something somewhere

etwas ist jemandes Aufgabe
it is somebody's job/duty

**etwas kommt jemandem
bekannt vor** something
looks familiar to somebody

etwas merken to notice or
perceive something

etwas Schlimmes something
bad

etwas überlegen to think
about something

etwas übertreiben to
exaggerate, to overdo
something

etwas vorhaben to
plan something, to have
something in mind

F

die Fahrt trip

der/die Familienangehörige
family member

fangen to catch

fehlen to be missing

feiern to celebrate

der Feind enemy

das Feld field

das Fenster window

das Ferienhaus summer
house

die Fernbedienung remote
control

die Firma company

das Fleisch meat

fliegende Maschinen flying
machines

der Flughafen airport

der Flur hallway

der Fluss river

folgen to follow

fortfahren to continue

frei herumlaufen to be on
the loose

die Freizeitaktivität leisure
acitivy

der Fremde stranger

der Frieden peace

friedlich peaceful

frische Luft brauchen to
need some fresh air

fruchtbar fertile

für jemanden Luft sein as if he/she didn't exist

G

ganz selten very rarely

das Garagentor garage door

der Gärtner the gardener

das Gebäude building

die Geburt birth

geduldig patient

gefährlich dangerous

die Gegend area

der Gegenstand object

das Gehalt salary

das Geheimnis secret

Geld ausgeben to spend money

Geld sparen to save money

die Gemeinschaft community

genug haben von etwas to have enough of something

das Geräusch noise

die Geschäftsfrau business woman

die Geschäftsleute (Pl.) business people

geschmackvoll tasteful

das Gesetz law

das (Telefon-)Gespräch beenden to finish a call

gesund healthy

das Getränk drink

Getreide anbauen to cultivate crops

der Gewinn profit

Glaubst du, dass es etwas mit Lauras Verschwinden zu tun hat? Do you think it has to do with Laura's disappearing?

Gott sei Dank thank God

grillen to have a barbecue

Grillkohle anzünden to light the barbecue coal

gründen to found

die Grünfläche green area

grunzen grunt

gut vorankommen to make progress

H

der Hafen port

die Halskette necklace

Hand heben to raise one's hand

handeln von to be about

das Handy mobile phone

der Hang slope, hillside

hässlich ugly

der Häuptling chief

das Haupttor main gate

herausfinden to find out

Herzlichen Glückwunsch zum Geburtstag! Happy birthday!

die Hintertür back door

das Holz wood

der Horizont horizon
der Hügel hill
Hunger haben to be hungry
die Hütte cottage, hut

I

ich bin mir nicht sicher I'm not sure
ich finde diese Art von Kunst seltsam I find this type of art strange
ich finde es schade I think it's a pity, it saddens me
Ich hätte nicht so laut lachen sollen. I shouldn't have laughed so loudly.
das Imperium empire
in der Nähe near, nearby
in die Nachrichten kommen to be in the news
in Richtung in the direction of
in See stechen to set sail
die Initiative ergreifen to take the initiative
inzwischen in the meantime

J

die Jagd hunt
jemandem Bescheid geben to let somebody know
jemandem den Weg beschreiben to give somebody directions
jemandem einen (üblen) Streich spielen to play a (bad) prank on someone

jemandem etwas anbieten to offer something to somebody
jemandem etwas aus der Hand reißen to snatch something from somebody's hand
jemandem etwas verleihen to give something to somebody
jemandem etwas versprechen to promise something to somebody
jemandem folgen to follow somebody
jemandem nichts tun to not harm somebody
jemandem vertrauen to trust somebody
jemandem zuwinken to wave to someone
jemanden angreifen to attack somebody
jemanden anschauen to look at someone
jemanden anstarren to stare at someone
jemanden belauschen to eavesdrop on somebody
jemanden belügen to lie to somebody
jemanden benutzen to take advantage of somebody
jemanden betrügen to betray somebody

jemanden beunruhigen to worry somebody

jemanden einholen to catch up with someone

jemanden erpressen to blackmail somebody

jemanden festnehmen to arrest somebody

jemanden für verrückt halten to consider somebody mad

jemanden im Auge behalten to keep an eye on somebody

jemanden packen to grab someone

jemanden untersuchen to examine somebody

jubeln to cheer

K

kalkulieren to calculate

die Kanone cannon

die Kapsel the (space) capsule

die Karte map

das Kästchen case, little box

kein Wunder not surprising

keine Ahnung haben to have no idea/clue

keine Lust auf etwas haben to not be in the mood for something

Keine Sorge! No worries!

der Kellner waiter

die Kiste box

klatschen to applaud

die Kleidung clothes

klingeln to ring (the bell)

klug clever

das Königreich kingdom

die Kopfhörer (Pl.) headset, earphones

der Krake kraken, octopus, sea monster

die Krankheit disease, sickness

das Kribbeln prickle

Krieg führen to wage war

der Krieger warrior

die Krone crown

der Kuchen cake

der Kundschafter scout

das Kunstwerk piece of art

Kurs nehmen to steer a course

L

lächeln to smile

das Ladegerät charger

das Lager camp

Land in Sicht land in sight (Land ahoy!)

landen to land

die Landstraße country road, single track road

längeres longer

lass mich in Ruhe leave me alone

der Lastwagen truck, lorry

das Lenkrad steering wheel

liebevoll loving

die Lieferung delivery, cargo

loslassen to let go

die Lösung solution

die Lüge lie

lügen to lie

Lust haben to feel like, to be in the mood for

M

Mach keinen Stress! Don't make trouble!

Mach's gut! Take care!

magische Kräfte magic powers

die Mannschaft crew

markant distinctive

markieren to highlight

der Marktplatz market square

das Medikament medicine

mieten to hire

die Mission mission

misstrauisch distrustful, suspiciously

mit jemandem Kontakt aufnehmen to contact somebody

der Mitarbeiter employee, co-worker

mitten im Raum in the centre of the room

müde tired

N

nach all den Jahren after so many years

nachsehen to check

nah am Ziel sein to almost have achieved one's goal

nahe am Elbstrand near the Elbstrand (a beach on the riverbank of the Elbe)

näher kommen to come closer, approach

das Nebenzimmer adjoining room

nervös nervous

neugierig curiously

nichts Schlimmes nothing bad

noch nicht angezogen not yet dressed

die Nordsee North Sea

die Notiz note

die Null zero

nützlich useful

O

der Obsthändler fruit seller

offen open

offensichtlich obviously

ohne Erlaubnis without permission

ohne Pause without a break

ordentlich neat

P

persönlich personally
der Pirat pirate
plötzlich all of the sudden, suddenly
die Pommes (Pl.) French fries
das Prachtstück beauty
profitabel profitable
die Projektleiterin project manager

Q

der Quatsch rubbish, nonsense
die Quelle spring, water source

R

ratlos helpless
der Raub theft
die Raumkapsel space capsule
das Raumschiff spaceship
die Raumstation space station
das Regal shelf
die Regel rule
die Regierung government
reisen to travel
reiten to ride on horseback
rennen to run
renovieren to redecorate, to renovate
der Reparaturauftrag repair order
Respekt vor jemandem haben to respect somebody

riesig huge
der Ring ring
riskieren to risk
der Ritter knight
das Ruder oar
das Ruder rudder
rudern to row

S

der Saal hall
der Schatten shadow
schicken to send (out)
schießen to shoot, to fire
der Schiffbauer shipbuilder
das Schild sign
die Schlacht battle
schlagen to hit
der Schreibtisch desk
schreien to shout, to yell
der Schritt step
der Schrott junk, scrap
schüchtern shy
schweigen to be silent
sein Leben lang throughout his life
selben the same
seltsam strange, odd
seltsame Zeichnung strange illustration
seufzen to sigh
sich anstrengen to make a great effort
sich auf den Weg machen set off

sich bedanken to say thank you

sich beeilen to hurry

sich bewegen to move

sich die Beine vertreten to stretch one's legs

sich etwas nähern to approach something

sich gegenseitig vertrauen to trust each other

sich konzentrieren to concentrate, to focus

sich mit jemandem unterhalten to chat with somebody

sich Sorgen machen to worry

sich umdrehen to turn round

sich verabschieden to say goodbye

sich verstecken to hide

die Sicherheitskontrolle security check

Sie kann sich doch nicht in Luft auflösen! Surely, she can't vanish into thin air!

sie traute ihren Augen nicht she didn't believe her eyes

das Siegel seal

siegen to win, capture victory

die Skrupel (Pl.) qualms

der Soldat soldier

die Sonnenbrille sunglasses

Sonst geht uns gleich die Puste aus. Otherwise we might run out of steam soon.

sparen to save

spazieren gehen to go for a walk

der Spion spy

die Spur track (footprint)

spüren to perceive, to feel

stämmig stout

die Stärke strength, power

stattfinden to take place

die Statue statue

der Staub dust

staubig dusty

der Steg boat landing, dock

stehlen to steal

die Steinbrücke stone bridge

stoßen to push

der Strand beach

streng strict

das Stück Stoff piece of cloth

der Sturm storm

T

das Tablett tray

das Tageslicht day light

die Taschenlampe torch, flashlight

das Taschentuch handkerchief

der Taxifahrer cab driver

die Telefonzelle phone booth

das Territorium territory

teuer aussehen to look expensive

teuer expensive

tief Luft holen to take a deep breath

der tödliche Unfall fatal accident

traurig sad

die Treppe stairs

die Truhe chest

tun als ob nichts wäre to act as if it was nothing

(es) tut mir leid I apologize for, I am sorry

U

das (Fluss-)Ufer (river) bank

der Uhrmachermeister master watchmaker

um die Ecke around the corner

um Hilfe bitten to ask for help

umarmen to embrace

der Umsatz sales, turnover

umsteigen to change

umstellen to adjust

unbekannt unknown, undiscovered

ungeduldig impatient

das Ungeheuer monster

ungewöhnlich strange

unglaublich unbelievable, incredible

unsichtbar invisible

unter einer Bedingung on one condition

die Unterlagen (Pl.) papers, documents

das Unternehmen company

unterstützen to support

unterwegs to be away, to be on the way

uralt ancient, very old

Ü

üben to practise

übergeben to hand over

überleben to survive

die Übernachtung overnight-stay, night in a hotel

überqueren to cross

überrascht surprised

die Überraschung surprise

überreichen to hand over

überwachen to monitor

übrigbleiben to remain

V

die Verachtung contempt

verändern to change

die Verantwortung responsibility

verdienen to earn

vereinen to unite

verfolgen to pursue

vergleichen to compare

die Verhandlung negotiation

verheiratet married

die Verkleidung disguise

verlassen abandoned

verlegen sein to be embarrassed

die Versammlung meeting

verschwunden missing, disappeared

verstecken to hide

der/die Verwandte relative

verwirrt confused

die Vierergruppe group of four

das Viertel neighbourhood, quarter

der Vogel bird

von etwas erfahren to learn about something

von zu Hause weglaufen to run away from home

vor der Tür stehen to be just around the corner

vor Kurzem recently

vorbereiten to prepare, arrange

die Vorbereitung preparation

der Vorrat supply

W

der Wächter guard

die Waffe weapon

der Wald forest

der Waldrand edge of the woods

wandern to hike

Was für ein Glück! How nice!

Was hast du auf dem Herzen? What's on your mind?

weder … noch neither … nor

weinen to cry

werfen to throw, to toss

die Werkstatt workshop

das Werkzeug tool

das Wesen creature

wie gelähmt as though they were paralyzed

Wie läuft es? How is it going?

Wie peinlich! How embarrassing!

winken to wave

Wir dachten, dir wäre etwas Schlimmes passiert. We thought something bad might have happened to you.

wir müssen jetzt los we have to go now

Wir müssen uns trennen. We have to split up.

Wir tun euch nichts. We won't hurt you.

das Wohnzimmer living room

die Wolke cloud

wütend angry, enraged

Z

die Zahl number

die Zauberei wizardry, magic
   trick
die Zauberkraft magic power
der Zaubertrank potion
die Zeitung newspaper
das Zelt tent
zerstören to destroy
ziemlich muskulös quite
   toned
zittern to shake
zitternd shaking
zögern to hesitate

zubereiten to prepare
zufrieden happy, content
zugleich at the same time
zum Präsidenten wählen to
elect as president
zurückkehren to return
die Zutat ingredient
der Zweifel doubt
zweifeln to question, doubt
zweiter Mann second in
command

Acknowledgements

If my strength is in the ideas, my weakness is in the execution. I owe a huge debt of gratitude to the many people who have helped me take these books past the finish line.

Firstly, I'm grateful to Aitor, Matt, Connie, Angela and Maria for their contributions to the books in their original incarnation. To Richard and Alex for their support in expanding the series into new languages.

Secondly, to the thousands of supporters of my website and podcast, *I Will Teach You A Language,* who have not only purchased books but who have also provided helpful feedback and inspired me to continue.

More recently, to Sarah, the Publishing Director for the *Teach Yourself* series, for her vision for this collaboration and unwavering positivity in bringing the project to fruition.

To Rebecca, almost certainly the best editor in the world, for bringing a staggering level of expertise and good humour to the project, and to Karyn and Melissa, for their work in coordinating publication behind the scenes.

My thanks to James, Dave and Sarah for helping *I Will Teach You A Language* continue to grow, even when my attention has been elsewhere.

To my parents, for an education that equipped me for such an endeavour.

Lastly, to JJ and EJ. This is for you.

Olly Richards

Notes

Use *Teach Yourself Foreign Language Graded Readers* in the Classroom

The *Teach Yourself Foreign Language Graded Readers* are great for self-study, but they can also be used in the classroom or with a tutor. If you're interested in using these stories with your students, please contact us at learningsolutions@teachyourself.com for discounted educational sales and ideas for teaching with the stories.

Bonus Story

As a special thank you for investing in this copy, we would like to offer you a bonus story – completely free!

Download the Readers app and enter **bonus4u** to claim your free Bonus Story.

FERRG, DER DRACHE

Der Drache sah, wie dieser Pfeil vorbeiflog.
Er sah nach unten und landete dann nicht weit
von den beiden. „Endres …?", sagte der Drache.